古今以來許多世家，無非積德；
天地之間第一人品，還是讀書。

愛讀書的人，
靈魂和容顏都會優雅起來。

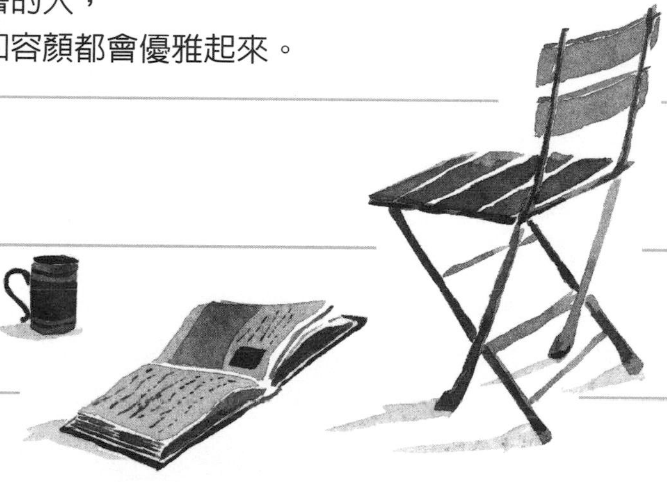

寫作的藝術

林語堂 著

本書收集大師 25 篇精彩的哲理小品，
筆調輕鬆幽默，很適合男女老少一起欣賞，
這是一部不能錯失的經典之作。

關於．林語堂

林語堂（一八九五年～一九七六年）中國現代作家、學者。福建龍溪（即漳州）人。用中文、英文寫過大量散文、小品和小說，還將許多中國古典作品譯成英文。因父親是基督教牧師，他從小學、中學到大學都接受教會學校教育。大學畢業後到清華大學任英文老師。一九一九年偕妻廖翠鳳赴美國留學，後又到德國。曾獲哈佛大學文學碩士，萊比錫大學語言博士學位。

一九二三～一九二六年任北京大學教授。在此期間參加文藝團體「語絲社」，寫過抨擊黑暗社會和北洋政府的文章，後編成《剪拂集》出版。一九二七年下半年到上海從事著述，並在中央研究院工作。

一九三二年創刊《論語》，提倡幽默。一九三四、一九三五年辦《人間世》、《宇宙風》雜誌，宣揚小品文要「語出性靈」、「常談瑣碎」。這些刊物在社會上有一定影響，但受到左翼作家的批評。魯迅就指出他提倡的幽默與閒適，常常「將屠戶的凶殘，使大家化為一笑」。

一九三六年移居紐約，從事著述。曾用英文出版《吾國與吾民》、《生活的藝術》、《中國與印度的哲學》等著作，在西方有相當影響。抗日戰爭期間，留居美國繼續著述。一九四七年在聯合國教科文組織工作，不久離職。

一九四〇年和一九五〇年曾兩度獲諾貝爾文學獎提名。

一九五八年由美回台灣講學。一九六六年曾為中央社特約專欄撰稿。同年六月自美返台灣定居。一九六七年任香港中文大學研究教授，主持辭典編譯工作，一九七二年完成《當代漢英辭典》。一九七五年任國際筆會副會長。一九七六年三月26日病逝於香港，同年四月移靈回台北，葬於陽明山仰德大道林語堂故居後園中。

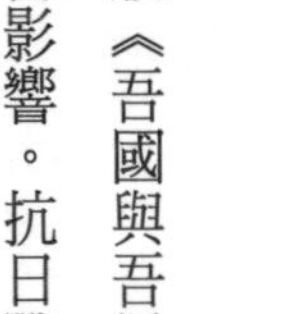

目錄
CONTENTS

I・羅素離婚

來滬以前，看見外報羅素第二次離婚的新聞。只短短的十幾行，使我發生感想。初想這位現代聖人，倒也有切身的苦痛。前聽志摩講，住在他家裡時，看見他也曾發怒打小孩屁股。這在『教育與好生活』之作者及具有新教育理想傾家辦私塾之偉人，倒很耐人尋味。羅素第二夫人，來北京時，尚是勃烈克女士，時為羅素書記。時我在國外求學，未曾見面，北平學界中人曾見過者當不少。後來他們回英。羅素就離婚而娶勃女士了。我只知道她也是一位有新理想的女子，著有《快樂之權利》一書，並曾經譯過她著的一小冊《女子與智識》（北新出版。此書諒已絕版。）所以他們夫婦倆對於婚姻的理想及態度，我是很熟識的。最可驚異的，是他們主張夫婦一時有外遇，或是暑期旅行間有一段豔史，都屬無妨，且最痛斥者是妒忌之非。前幾年美國發生林賽所提倡之伴侶結婚問題，羅素也曾在 Forum 同

McDougall 筆戰過，極力擁護這新辦法。然而他們竟然離婚了。不知是那一方逃不出忌妒，或有他種原因，我們無從推敲了。因而想到不知此時，勃女士樂不樂，羅素樂不樂，而已離異孤居之第一夫人此時又有何感想？再想婚姻是這樣複雜的問題。古今來聖人都不能免。在中國孔孟都出妻，在西方耶穌則不娶，釋迦亦忍心由他愛妻的睡著的身上跨過出了家。只有穆罕默德不出家，不離婚，卻用討姨太太方法來救濟苦悶。倒是蘇格拉底欣然處於悍婦淫威之下，逆來順受，深得幽默之道。他曾遭老婆的惡聲痛罵，痛罵之後，正要出門，復被老婆潑一桶冷水，澆滿身上。蘇卻處之泰然，只說『雷霆之後，必有淫雨』，就此出門了。他說婚姻如學騎馬，性情愈悍愈可習練德性。

想孔子何不用此工夫。然而孔子之妻是離呢？是逃呢？史無明文，在我推想後者較有可能。食不語，寢不言，這已夠難受了。何況緇衣羔裘，素衣麑裘，黃衣狐裘，配色那樣藝術，衣服那樣講究，使孟光伺候亦當覺麻煩，又何況，事事善於發明，與人不同，褻裘長，短右袂，非換寢衣不可，寢衣又須長一身有半。雖然這些都是孔子深有所見，獨出心裁之處（短右袂，便工作；長寢衣，防傷風）但是在不學無術之孔子夫人，卻不能不叱為咄咄怪事了。又何況，食不厭精，膾不厭細，廚

下備飯之人，切肉就要多一倍工夫。魚餒而肉敗不食，色惡不食，尚有則可，若失飪不食，就得忙得慌，不然當家的人，又得看白老爺餓半天了。不時不食，早上買菜就不容易。至於割不正也不食，不得其醬也不食，孔子之妻當已萌離家之念矣。若一時趕不出來，做妻子的人心慌怕他過飢，叫阿鯉到街上買點肉鬆，添點酒敷衍得過去，一頓飯可以平安無事，倒也罷了，偏偏沽酒市脯又不食，於是孔子之妻行矣。

婚姻是這樣的煩難，所以今日婚姻問題，算是社會問題中之最複雜問題。離婚，娶妾，都有流弊，誰也知道是不完善的辦法。原因是婚姻強叫生理上情緒上必然不同實際上過兩種生活的兩個人去共過一種生活。這兩人對於文藝思想人情事物，必有不同之反應，興會好惡，必然不能一律。叫這些時浮時幻之興會感好，息息相應，脈脈相關，若合符節，真非易事。萬一兩方情意好合，相遷相就，互相體貼了解，經過十年八年的操練，也就像一雙舊鞋，適足無比，這就是所謂美滿姻緣了。然而現代教育，又不教人這些常識，這些常識也不是課堂上講得來學得來的。況且性情鑿枘，總是難免，膠漆好合，十無一二，所以婚姻成了問題了。現在聖人也逃不出常例，也沒人能想出完滿的辦法，除非是天主教嚴禁離婚及中國人白頭偕老這種抹殺問題之存在以無辦法為辦法之辦法了。

我所知者，婚姻是女人最大最隱的保障。無論何時，男子變壞而夫婦之道滅，恩愛之心輕，總是女人吃苦的，離婚也好，娶妾也好，伴侶結婚也好，自由戀愛也好，都是窮極無聊的辦法。即使女子經濟獨立，女子也不能佔便宜。天地間男女有自然的不平等，是非天地以女人為芻狗，無從得知；造物只知道傳種二字，無所謂仁與不仁。外國自由戀愛的夫婦，大家誓以恩愛為終始，經濟負擔平分。然而所謂負擔平，兒子出來，每每變成什七與什三之分，謀生之外，家總是女子管的，孩兒的奶總是找女人吃的。一旦恩絕義盡，近代女子慷慨履行前約，讓夫自由。這時四十歲的男子所享的再戀的機會，與一個生過三個小孩之色衰的四十歲婦人，仍儼然不同。這叫做什麼自由平等？所以任何辦法，都是無辦法中之辦法。

無辦法，然後娶妾離婚，亦是無辦法中之辦法。中國人是家族主義，所以主張娶妾，保持妻在家庭之地位，及保存家庭之整個性。西人以婚姻為個人恩愛之事，故恩絕愛盡則離婚，而使家庭破裂，妻子離散。在中國，男人有錢，或是發洩性慾，或是忽然感到愛的衝動（這愛的衝動，在生理上，並非限於青春時期，由二十歲至七十歲，男女都可有，婚姻只許衝動一次，毛病就在這裡），於是有外遇，由

外遇而娶妾回家。妻固然心中不樂，但是他妻的地位是保存的，仍享母道之權利，仍得子女團圓之樂，只聽老爺去胡鬧罷了。在西方，女人去訴求離婚，拿了贍養費出來獨居，或是再嫁或是在社交上出風頭。誰得意呢？我不敢下斷語。有時我想棄婦的零丁孤苦，較有妾之妻為難受。即使經濟獨立，室家已失，名位已敗，妾心藕如絲，雖斷猶牽連，十年恩愛，一旦泡影，顧懷往事，能無慨然？這個是非，何從去講，橫豎得意的也是一個女人，失意的也是一個女人。

離婚之可惡，在有一新歡，必有一棄婦。這時自有一位得意之佳人，亦必有一位無論如何不能得意之匹婦。這其中，我想很不公道，但是以婚姻為單純基於個人一時情意之人，是無法避免的。中國人於愛字之外，加一恩字，再加情分二字，還有點道理。恩雖似乎不平等，但不必如此解，只說大家顧念一點舊情分罷了。況且還有義字，十年劬育之勞，亦未便一旦丟之腦後。況且待母即所以教子，這些關鍵，專門治教育學之人現在已有點模糊了。一個得意佳人，排在眼前同居共室，自然也礙目，也何嘗什麼平等？但是有時我想現在女子得了平等觀念，再不能與另一婦人共事一夫，卻把老的同性趕走，倒有點近乎野蠻人之戰爭相似，近於物競天擇了。物競天擇，於是美者勝，醜者敗，少者生存，老者淘汰，倒是歸返自然了。所以同性之相欺，還厲害於異性。以前女子為事勢所迫，偶然鍾意於有婦之夫，真的愛他，也願屈身為妾，以禮事妻。現在據一夫一婦之義，少女性逐出老女性，才叫做文明解放。但是女人既然喜歡這樣，以為這辦法較好，也就聽之罷了。

問題是這樣的新又是那樣的舊。人性未改造以前，婚姻也必無完滿辦法。我非觀世音菩薩，不能為女子消災解厄。發洩性慾之多妾老爺，也不必讀此文章而自鳴得意。婚至不可不離之男子，也不便一概責備。我亦非包龍圖，不能識破人家閨閫衽席之是非冤枉。

世事是這樣糾紛的。婚姻之事更無可治各人異症的萬應靈方。最好是不要有非離不可之情境。也許只有男子多公道存心，多念舊情，及增加一點父母的責任心，才能夠少許減少這情境之發生吧。至於此種情境已發生。女子又不贊成納妾，主張離婚，以為老者退位少者補充為較完善辦法，則應同時主張提高棄婦之地位身分，使在社交上可大出風頭，或可多得再嫁的機會，不使有『下阪車轔轔，畏逢鄉裡親』之感，而減少社會的殘酷與棄婦之羞辱，略如西洋一樣。至於要女子對情敵之同性保存良心。我是不做這種夢的。

2．怎樣寫「再啟」

我最喜歡看的是朋友書牘後的『再啟。』一封書沒有再啟，就好像沒有精彩、沒有彈性，作信的人話真說完了。有時使你疑心這人不老實；他要向你說的話，在未執筆之先，早已佈置陣勢，有起有伏，前後連串好了，所以連信中的話也非出之真情，有點靠不住了。我們知道尺牘之所以成為文學，是因為它是真情最吐露，而最能表現個性的文字，而再啟之所以可貴，就是因為他是尺牘中最能表露真情的一部分。再啟中所給我們看見的是臨時的感念，是偶憶的幽思，是家常瑣細，是逸興閒情，是湧上心頭的肺腑話，是欲辯已忘的肝腸語，使人讀之，如見其肺肝然。有時他所表現的是暗示函中失言的後悔（女子書牘中尤多），或是迸吐函中未發之衷情。因為有這再啟的暗示，迴誦書中禁而未發之辭，遂覺別有一番滋味了。

人生總是這樣的，充滿著遲疑，猶豫，失言。後悔或是依違兩可之人，忽然果斷，或是豪傑爽利之人，忽然灰心。現代戲劇之技巧，常在劇情緊張之際，描繪此種衷曲，使人有捉摸莫定之勢，而最佳的再啟，也就是能表現這種地方。因為平常的函信，只是一人的說白，信後加一再啟，就像有兩人對話。那收信人的答語，似乎就隱在『某某頓首』與『再者』之間的白紙中。比方有一位老父寫一封滿紙辛酸的信給他唯一的女兒，列舉五六種理由，說明為什麼他不能依她的請求，送她入北京女子師範（其一理由，是她有四位弟兄，都在大學中學，負擔太重），卻忽然在書後添了兩行：『好吧！你儘管預備，秋間上學。信中的話全取消』——這是多麼動人！世界上最好及最壞的打算，都是成在這種一念之差的最後「一剎那」。

我最喜歡看見一人有能打自已嘴巴的勇氣，或者一位學者，忽然慧心發現，將他掉書袋式的迂談闊論，一筆勾消，付之行雲流水，換上一句合情合理的話。比方有一位男子，假定他是一位律師，寫一封道學嚴肅的信給他的妻，用最冷利的文筆及最縝密的理論，自第一點至第六點指出為什麼非同她離婚不可的理由，簽了名，然後添了兩行潦草難辨的再啟：『絲兒，我真發痴了。無論如何我要你，要你，你知道嗎？我自已是混蛋。我們何時見面？』絲兒讀到此地，將不禁心中一酸，淚珠盈盈，俯著去吻那張信箋了。倘使他從頭蓄意經營，照例寫些心肝肉兒的鬼話，反

使絲兒讀了痲木，不敢置信，反不如以上一封尺牘的偉大恢奇了。實際上我們常見一個婦人死心蹋地跟著一個半籌莫展的莽漢，外人莫名其妙，就是被這種再啟上湧出的幾句話所纏住。這叫做冤家。

我曾聽見，一次有一位牛津大學的教授，一位學問精通胸懷豁達的人，在他朋友房裡替在中國傳道的教士辯護。他所舉的，全是學理上的理由。他說每個國家都曾輸入外國的思想主義，而這種外來思想的輸入，從遠看去，只有增加該國思潮之豐富，決不會反使其思想貧乏；他說歐洲自身就受過希臘羅馬文化之賜，英國亦受大陸思想之賜不少。他這樣引古證今的長談廿分鐘之後，他朋友說：『但是希臘羅馬並不曾派遣戰艦，來一面保護荷馬，荷雷斯，一面槍殺荷馬，荷雷斯正要救其靈魂的中古歐洲人啊！』那位教授撲地一聲，現出會心的微笑，承認失敗了。我想世人能夠常有這種翻然警悟的一念，世上就較少陳腐迂闊現代評論派的議論文章。世人能多寫這一類的『再啟』，也可免傷許多無謂的氣力，免引許多無謂的辯難。

茲舉以下二篇附有再啟的函信，以便世人參考研究——

〔舉例一〕

這是我的朋友在某校當教師要求增加薪俸的一封信。在一切我所看過的再啟中，恐怕無出其右者。若照以前的人的說法，定列『神品』。

某某校長大鑑：到校以來，倏已三載，幸蒙先生隨時指示，得無大過。茲啟者，國難以來，東北淪陷，誰無心肝，敢復忍痛教書耶？某嘗外計國家之前途，內察家庭之實況，認為除了辭職，脫離教育，別無辦法。蓋近今生活即高而某除一妻三子之外，又有叔父三，嬸母四，皆賴某一人之力仰給。月俸五十而每月開銷則在一百五十以上（此數包括三位叔父四位嬸母十五位姪兒輪流一年必有一次之醫院手術費）今者已羅掘俱窮，挪借無路矣。且自到校以來，衣食且將不給，豈復有閒錢購書，閒情閱書耶？學問荒蕪，問心有愧，長此下去，豈堪設想？為此種種理由，再四思維，認為非脫離教育，另謀出路不可。懇請准予自本暑假始，解約離校。吾意已決，幸毋慰留，栽培之德，容後圖報。此請

道安

某某頓首

再啟者，先生如憫其愚昧，賜加薪俸五元，辭職的話，全盤取消。

據說，該校長接到這封信，為再啟中兩句話所打動，認為宇宙奇文，即加薪俸十元，自此以後，彼此相得，現某已升為該校訓育主任矣。

〔舉例二〕

以下是呂某寫給南京友人的信。呂曾留學東瀛，專治經濟，作信時已賦閒三年左右。論其文情，當列『逸品。』

蔚兄：年來萍蹤靡定，出巴蜀，留漢中，入故都，遊歷城，都為覓一館地計耳。奈天不假緣，事與願乖。謀事無成。遂亦懶於執筆。且數年以來，落魄困頓，友朋中即有去信，亦少見賜復。前曾修書與交通部于某，迄今兩旬，終無回報，某亦不期其回報矣。此次由京來瀛，途中遇前早稻田同學老石。據說，渠在陝西省府供職。不意以老石之才學抱負，亦終流為軍人走狗！弟意欲救中國必先打倒軍閥，而欲打倒軍閥，必由吾輩有新教育新思想之人，下定決心，不吃武人之飯而後可耳。回顧今日，所謂文治政府者究何在？所謂軍政分權者又何在？武夫跋扈，予取予求，文人逢迎，必恭必敬。且苛捐雜稅，有加無已，民權民財，剝削殆盡。實業不振，青年囂張，學者尚空談而不務實踐。

外憂內患，迫於眉睫，而作京官者，猶復醉生夢死，角逐於笙歌酒色之場。嗚呼已矣，言復奚益，徒增惆悵耳。此種混惡政治，如何叫人熱心？頑閒之餘，無以解憂，聊作數行，一肚牢騷，隨筆而至，兄作無聊人廢話視之可耳。

某某頓首

再啟者：頃接交通部老于來信，謂已替我謀得××部參事一席月薪四百。天啊！我要到南京去了！

再再啟：弟擬明晚夜車晉京，翌晨八時抵甯，兄可派一部用汽車到站相迎否？某又及。

3 · 談螺絲釘

柳夫人：那新裝的水龍頭還在滴水呢！

柳：你不會把他擰緊。

柳夫人：何嘗不曾用死勁擰過，可是無用。起初水是從龍頭口出來，等到你拉緊了，他便由你手按著的螺絲桿上頭周圍這樣一古腦兒溜湧出來。等你又擰鬆一點，上頭不流了，卻又由水管口一直流出。就從昨晚到今天早晨一直這樣的的達達的滴的滿地板……

朱：我曉得了，你必定是用的國貨。

柳夫人：就是因為愛國，不然還上了這個當，當時又貪他便宜，想省幾個錢，現在我想還是叫水匠換個來路貨，不但不省錢，還要多賠幾個錢。我想國雖要愛，也要叫人愛國莫當亞木林才是。那些洋鬼子，東西怎麼造的這樣好，叫我有時佩服他們，有時又恨他們。

柳：恨的好。為什麼我們螺絲釘造不好，他們偏偏造的好。真真豈有此理。辜鴻銘先生早就先爾而言之矣。真真豈有此理。為什麼西洋人不講精神文明，專講物質文明，工業文明，螺絲釘文明。該恨，該恨！（柳先生笑了）

朱：且慢，老柳。辜先生坐的是蘇揚馬桶呢，是抽水馬桶呢？老辜也未免不思之甚矣。難道滿身是蝨，坐蘇揚馬桶，精神便文明起來嗎？什麼叫做精神，什麼叫做物質？莎士比亞說好，腦袋，腦袋，沒有袋那裡去腦——他並沒有這樣說，不過我揣他的意思，想當然耳，亨利第五那劇中是有這種意思的。東方才子莫如莊生，西方才子莫如尼采，二位腦袋未嘗不好。然莊生死後，腦漿一硬，還會做齊物論嗎？還真會跳出棺嗎？尼采那種頭腦，那種天資，小小的花柳病菌一入，也發瘋了。西方物質文明實由西方精神而來，而這精神原來就是跟你席上吃的「鴨腰」一樣軟細的白質做的。

柳夫人：什麼叫做「鴨腰」？

柳：你別問了。總而言之，鴨之腰也。

柳夫人（呆了一會）：好！鴨腰者，鴨之腰也。你們咬文嚼字先生，總是不得

其死然。……你們不告訴，我也不問了。——老朱的意思我是贊同的。什麼英雄才子，誰不是娘胎生下來，一層皮包一層肉做的，三天不吃飯，就要精神不振，七天不吃飯，便要上西天。李白斗酒詩百篇，可見得他的詩原來是酒精做的。蘇東坡醉筆，還不是酒精在腦裡作怪？你看他，他不吸煙文章便做不出來，他的文章都是肚裡煙灰做成的。

柳：虧你知已。我文章不是煙灰做來，也是煙魂做來的。莎士比亞說過，煙者，煙是波立孰也。

朱：真會挖苦人。你也來「想當然耳」了。

柳：充其量，也不過如你胡鬧而已。

柳夫人：別鬧，我來做個和事老吧。我們還是談談螺絲釘，好不好？

朱：談吧。

柳夫人：我想不愛國了。我真要換個舶來水龍頭。為什麼中國人一個螺絲釘就做不好？請大家研究一下。到底是精神不好呢，是物質不好呢？

柳：兩者都有螺絲釘物質不好，就是一則原料不好，二則馬馬虎虎，分寸大小，不精不準。西洋人一毫一釐之差，都要尋根究底，中國人一毫與一釐無別，一分也與一釐無別。這就是精神不好。你那天那件二十塊錢衣服，還不是給裁縫馬馬虎虎做壞了嗎？我早就叫你先試樣，像做西裝一樣，試好了樣，再比比看看寬窄長短，領口大小，肩腋寬緊，鋪的平平直直，然後去裁去縫，萬無一誤。可是中國裁縫，萬古相傳，就是不肯改良，有時二三十元一件衣服，給那裁縫裁壞了，悔之已晚，和他生氣也無用。他肯試樣，我肯多花四毛工錢，但是他嫌麻煩，——簡直就不理我。原因呢？他三代祖宗做裁縫就沒聽見過「試樣」兩字，那裡敢違背家傳祖訓呢？

柳夫人：這話固然是，也有不盡然。我想是時代不同而已。你意思說西人精益求精，我們向來沒有自來水，所以水龍頭做不好。若中國印泥，何嘗不精益求精？但是有一件。我們生在現代，見古人所未見，聞古人所未聞，若肯平心靜氣算算西人的好處，到可以得了不少學問。若單談什麼國粹，趾高氣揚，欺人自欺，終必滅亡。我們比西洋人長處固然多，西洋人比我們強處，也真不少。我不是講什麼社會經濟哲學那一套，是講眼前人生，第一樣西洋人就是放屁放的好。

柳，朱……？

柳夫人：放屁就是禮貌，禮貌就是放屁。放屁無聲叫做好，有聲叫做不好，聲

愈小愈好，愈大愈不好。外國屁的聲小，所以比我們好。外國人屁不亂放，中國人屁亂放。這是他們『禮』字比我們強。不但『禮』字強，『義』『廉』『恥』都強。說起來，他們的儒學，比我們精。據我看來，老子思想，才是東方特色，「知足常樂」也委實不錯，若儒家道理，他們講的比我們實在。

柳：別的不曉得，禮字我承認。

柳夫人：禮義之邦，禮義之邦！我們什麼禮義？我問你，你到公司買物，是西洋伙計有禮呢？是中國伙計有禮呢？是外國司車有禮呢？是中國司車有禮呢？是外國司閽，外國巡警有禮呢？是中國司閽，中國巡警有禮呢？戲台買票，是中國人亂擠撞有禮呢？是西洋人排隊順序而來有禮呢？我們自稱知禮，罵人夷狄，真不害臊。中國人所講的禮，都是對上司磕頭，對祖宗跪拜，對親友聯歡之禮。若是一則非上司，二則非親非戚，據我看來，路人皆當仇敵，同車即是冤家。

朱：你也言過其實了。外國人到處親吻，路上也吻，車上也吻，月台上也吻，戲台上也吻，夫與妻吻，父與女吻，母與子吻，這成什麼禮？

柳：你也未免太酸了。

柳夫人：這正是中國所言之禮，什麼「男女授受不親禮也」，古來就是這一套。其實就我看來，禮之精義，廣而大之，就是講整個社會的秩序，而社會秩序，由鄰屋住家，至公共場所，醫院戲台，博物院，圖書館，甚至毛廁所，都是西洋比我國好。怎麼水到現在還沒開？（柳夫人跑去看，原來他們三人只顧談，烘爐上的火已快滅了。柳夫人用鐵箸夾兩塊炭加上，一面用芭蕉扇煽爐一面談下去）。馬上就開了。

朱：還是我來吧。今天我要行外國禮了。中國男子實在太舒服了。……你去吧。叫說書先生煽爐子是不大好意思。你講下去。

柳夫人（跑回原位）：我說的就是一句話，大家憑良心講。若是說我們文明，應該我們要人跑到國外，可以教教洋鬼子知禮，由我們學點禮貌，怎麼反常自己鬧出笑話呢？

朱（也就座）：那麼還有三件呢？

柳夫人：其次是義。義者宜也。樣樣事物上軌道，人人得盡其才以應世，盡其才後，人人可得合理的酬報，不必使什麼鬼技倆，這叫做有義的社會，你說是中國人人得盡其才呢，還是西洋呢？是中國國家以才用人呢，是外國國家以才用人呢？工程師當縣長，牙科醫生主教育，宜在那裡，義在那裡？這倒也罷了，工程師若真

有才治事，當當縣長，辦辦教育，原也沒有什麼不可以，不可過於拘牽，世人真才未必在其專長所學，只怕是當縣長並不是治事真才，而是由狗洞鑽營出來的。不然中國何以這麼一團糟？……「廉」字更不必說了。水開了，我來！（她一面沖茶，一面講下去）你要到外國去找一部官場現形記材料，雖然也有，恐怕沒有中國出色，叫你隨拾即是吧？其實也不是外國清官特別多，只是人家有王法，咱們無王法，外國貪官儘管營私舞弊，不過一旦找出來，是要受法律制裁，受社會制裁的。咱們老大中華的百姓看見一個貪官，還要給他磕頭，說聲「老爺，我給你做門房馬弁吧！」若有貪官受彈劾，其中總有蹊蹺，不是油水不勻，便是藉端報怨，誰是為公來？『二十年來目睹之怪現狀』中之苟才你是認得的。外國貪官腰包雖然裝，都替國家做點事，咱們的狗官不要說腰包裝滿了，臨走時，衙門前的石獅子不給你搬回家去點綴他的別墅，你就徼倖！我不敢望中國的官不貪，所求於中國官吏者，私也營，弊也舞，只要國家事也做出來，如此已不可多得。中國只要多出幾個貪污而也替國家做事的老爺，老百姓就要感恩載德。『恥』字原來比『廉』字要緊，有恥便有廉，不過字義廣一點。你想中國人臉皮厚呢？外國人臉皮厚呢？今天世界的國家，那一國不爭氣？日本五十年前就爭氣，蘇俄二十年前就爭氣，土耳其也爭氣，義大利也爭氣，就是亞比新尼亞也爭氣，偏偏只有一個不爭氣，不要臉不但彼虎我羊，抑且羊皆附虎，而且要假虎威耀武一下……喝杯茶吧

三人默默無言。那晚大家不歡而散。

4・再談螺絲釘

那晚朱先生在柳家談後，步月歸來，滿腔悲憤。

第三日晚飯後，又到滄浪亭來了。

朱：水龍頭換好了沒有？

柳夫人：你又來水龍頭了！

朱：我不是又來水龍頭，我是又來親聆你的螺絲釘高論。

柳夫人：螺絲釘還有什麼可談？我不過瞎扯瞎拉罷了。我只會歪纏而已。你還不記得前晚我們談得大家沒趣，不歡而散？也許今晚又要歪纏的你哭出來！

朱：我不怕。你儘管歪纏下去吧！我決不哭！

柳（夢中驚醒）：哭什麼？

朱：哭中國禮義廉恥不如人。

柳：老朱也未免太多情了。

柳夫人：我只哄他玩。他叫我再談螺絲釘。我看他上回談到一半眼眶兒就紅了，今天還要來，害臊不害臊？其實我們鄉居夕話，不像人家做八股，本無起承轉伏，連我也不知要談向那裡去。誰保得住？我要說到那裡就算那裡。我想談得叫人哭也不好，叫人笑也不好。最好是談得人家心頭癢癢難過，哭不得，笑不得，才算上乘。

柳（點首稱善）：癢字用得好。原來世上最快樂之事莫過於搔癢。此道理惟聖人能知之。以前我有過『香港腳』足趾癢得難過，晚上倒一盆熱水燙腳丫，此中樂境不足為外人道也。那個適意真可以叫你銷魂，叫爹叫娘起來。可惜現在腳病也好了，有時想再享這種　福而不可得之矣！夫癢之妙，在於搔，愈癢愈搔，愈搔愈癢，留個味兒，叫你又難過，又好受……

柳夫人：老實說，古昔先賢立言，得傳於世，皆因搔著癢處而已。聖人者，先得我心之所同癢者也。比如我喜莊生某句，便是莊生替我搔癢，我喜杜詩某首，亦僅是杜甫替我搔癢。至於抄襲章句之輩，未能搔著癢處，只算『隔靴』。

朱：那末請尊夫人給我搔搔癢好不好？

柳夫人：可以是可以，只不要搔著癢處喊出來，才是君子。

朱：你搔吧！我有勇氣！

柳：夫人，你也給我搔搔癢吧！

柳夫人：我給老朱搔，不給你搔。你還是磕睡吧！

柳：我睡偏不磕！此刻也不睏了。你講吧。

柳夫人：那裡講起？當真還講螺絲釘嗎？

柳：為什麼不？

柳夫人：好，就講螺絲釘與法律。原來這螺絲釘之發明，說難也難，說容易也容易。我們總怪西人工業何以如此之精，而不知西人所以如此者，有利可圖也。國家有發明法專利法的保護，器精則發財，不精則不發財，試問精乎，不精乎？當然要精。螺絲釘是英國一家人家發明的，因這個發明，那家平地發了幾百萬，到現在那家子孫還坐享餘蔭。中國人發明一個螺絲釘，馬上就有人仿冒，你除了罵仿冒的人為『男盜女娼，烏龜王八蛋』外，還有什麼法子？這罵人『男盜女娼』，也不過罵個高興出氣而已，難道人家就不仿冒，猶上海女人罵人『殺千刀』，那被罵的就真正死於千刀之下嗎？我們是沒有法治之國，只有人治；也可說是『君子國』，可是有君子，必有盜娼，也必有烏龜王八蛋。君子愈多，男盜女娼也愈盛。結果吃虧的是君子，發財的是盜娼。

朱：螺絲釘現在誰也可製造，還是那家把持的嗎？

柳：是這樣的。現在那發明權已過期而屬於公有了，可是他家財也發夠了。

柳夫人：可不是嗎？我聽說美國有人發明婦女所用的曲線壓髮針（hairpin），也成了巨富。原來婦女用的壓髮針都是直的，那位發明家一天看見他太太把針先折彎了，再插頭上，他問他太太『何以如此』？他太太說，『這樣一彎，就不容易落下來』。『好了』，他說：『我財神到了』！他馬上去註冊專利，而財也只好讓他發。你想國家法律這樣保護工業的發明，怎樣不蒸蒸日上呢？

朱：你所說的固然是。外國工業發達由於法律的保護，及在法律保護之下，大家競爭謀利。不過有時也競爭的好笑。你看汽車一年出一新式，你也發明，我也發明，大家角逐，只因不如此不足以號召。大家用老牌，誰肯買新車？其實家家都造得好，這裡加一個螺絲釘，那裡加一個點煙具，都是行所無事。不但汽車如此，抽水馬桶，牙膏，牙刷都是如此。難道造牙膏也要什麼大發明嗎？抽水馬桶，你也一式，我也一式，還不是大同小異嗎？

柳夫人：這個自然。人家過，而我不及。人家行所無事的發明，而我們只抱殘守缺。原因呢，就是沒有法律。中國人沒有法治，只請出一個烏龜來，你想烏龜果然有靈嗎？中國人太好講仁義道德，天理良心，連這種法律上的事，也以『天理良心』『我是正人』『你是烏龜』了之。

朱：聽說現在上海三馬路還有一家店鋪，外懸著一塊大烏龜招牌。

柳夫人：這實在太可憐了。你可罵人家烏龜，人家就不會罵你烏龜蛋？大家爭吵起來，你罵我『男盜』，我罵你『女娼』，這是東方君子國之文明。其實這只是法治與人治之不同。

朱：上回你講禮義廉恥，似是新式儒家，今天又像法家了。

柳夫人：儒也好，法也好，我只知道，欲行儒道，必先行法。欲國家有禮義廉恥，必將不禮不義不廉不恥者下嶽槍斃。單談仁義道德是無用的。人家不肯廉無羞恥，你能奈他何？你說我是法家，我也承認，我恨儒家道德仁義之談。咱們中國人開口『良心』，閉口『廉恥』，而喪廉寡恥之事比外國多。拿毛廁來講，咱們中國毛廁總是寫個『君子自重』四字，然而你相信這四個字便叫人真能自重嗎？還不如『如違送捕』四字來的有力。『君子自重』的毛廁便是儒家的毛廁，『如違送捕』

的毛廁便是法家的毛廁，你想是法家毛廁整潔呢，是儒家毛廁整潔呢？我想中國這個國家，就像儒家毛廁，到處牆壁上看見貼兩字『君子』，而一個君子影兒也不見，只有滿坑的穢氣觸鼻。西洋國家就像法家毛廁。你說君子自重，大家不自重，你能奈之何？

朱：原來你是個毛廁法家。

柳夫人：是的，莊子說的好，道在矢溺，矢溺不能見道，其道非道。講到『良心』，更笑話極了。雍正皇帝批上諭，不說『你違某條法律』，卻說『你沒良心，該斬！』而結果雍正殺人最多。因為良心這個東西，本來無從捉摸。法有明文，而良心可任解釋。秦檜說他憑『良心』賣國事虜，你那裡去同他爭是非？你想大馬路汽車行走，是憑紅綠燈的『法』好呢，是憑各車夫之『良心』為憑好呢？西洋人汽車出事，開口罵來是：『你這個傻瓜，你沒看見紅燈在前嗎』？或是『你怎麼在右邊走？你違法，叫你賠損失』！中國人開口罵來是：『豬玀！你良心到那裡去了』！你想沒有紅綠燈，聽兩個車夫在大馬路拋球場評論彼此的良心，危險不危險？等他們倆把各個的『良心』研究出來，自從日昇樓到外灘就要擠的水洩不通了。原來世間道理，各有其時，韓非說的好，不可以緩世之政治急世之民。以前兩

個小車夫在田陌間相遇，大家問問早安，互相禮讓，或左或右，各憑良心，都無不可，若在大馬路汽車行走憑這個老法，結果必一團糟。以此治市則市亂，以此治國則國亂。以孔孟之道行於堯舜之世擊壤而歌之民，是可以的；在現在汽車飛機盛行的『急世』而不助之以法，是要失敗的。

朱：你說中國喪廉寡恥之事比外國多，是不是中國人道德比外人壞呢？禮義廉恥就可以不講嗎？

柳夫人：正正不是。世人生來本無兩樣。中國官僚愛錢，難道外國官僚就不愛錢嗎？禮義廉恥，不是不可以講，但是單講是沒用的。紐約市政府的黑幕才叫你觸目驚心。哈丁總統任下的政府，醜史穢聞，罄竹難書。然而此中有個分別：咱們是君子國，專講禮義廉恥，人家是小人國，不講禮義廉恥，單講法律。人家是有王法的。哈丁任內賄賂橫行，然而美國人民並不向華盛頓袞袞諸公說仁說義，只用法律裁判。結果把一個七十老翁的部長審出罪狀下獄。此位老翁不幸，你說；但是這至少證明美國國家還有個王法。中國的部長，你試捕一個下獄給我看看。就是人家不講廉恥，所以還有廉恥，我們專講廉恥，所以廉恥掃地。

柳：你知道，我們中國為什麼專講禮義廉恥呢？

朱：因為儒教？

柳：並不是。因為禮義廉恥談來很便宜。比方說，有官僚對你講『禮義廉恥很好』，老百姓自然也說『禮義廉恥很好』。談起來於人無損，於已有益，又可博關心風化之美名，又不傷人感情，又不費錢。但是比方那官僚不講廉恥，而講法治，老百姓說，『好！我們就依法起訴，在法庭上與你算算賬，請你坐獄』。那還了得！此禮義廉恥之談之所以風行一時也。所以道德仁義之不止，民之蟊賊不死。

柳夫人：我也是這樣想。孔夫子叫君子治國，所以我們也把官僚真正當君子看待，絕不加以法律的制裁。西人不講君子治國，所以把官僚當兇犯看待，時時繩之以法律，繫之以監獄，防之以輿論，動不動就要彈劾，把他送入牢獄去。西人是相信韓非的話，不期使人為善，只期人不敢為惡。我想這就夠了。我們遇了清官廉吏，給他豎立牌坊，表揚德政；遇了貪官污吏，卻不把他送入監牢。西人遇了貪官污吏，給他送入監牢，而遇了清官廉吏卻不給他豎立牌坊。這是法家與儒家之不同，也是人治與法治之不同。西洋天下就是法家的天下。其實世上善人少，惡人多，東西原無二理。我們把官僚當君子看待，一概聽其『良心』，愛民也『良心』，徵稅也『良心』，佔你的田、姦你的姊也『良心』，結果只有一成廉潔自

守，卻有九成的民賊；西方把官僚當民賊看待，不講『良心』，只講法律，結果有一成是民賊，卻有九成像煞是君子。這是東方西方政治之不同。你說『像煞』不夠，我說『像煞』就夠了。中國政府能辦到像外國『像煞』廉潔一樣，已經是太平之世了。日本政府何嘗沒出過賄賂大案，但是中國政府能辦到如日本『像煞』廉潔地步，也就委實不錯了。

柳：你也路跑得太遠了。人家叫你談螺絲釘你說什麼東西政治。你到底搔著癢處沒有？難過是有的，好愛則未也。

柳夫人：別忙我來搔。老朱不是笑我為毛廁法家嗎？其實吾道一以貫之。無論是螺絲釘，是毛廁，是政府，是人民，都是一樣。有法治便好，無法治便壞。我們也不必太過悲憤，妄自菲薄，陷於絕望。我是這樣夢想一個太平的中國的。在這樣有法治的國家，螺絲釘也好了，毛廁也好了，人也容易做了。人家說我們中國人道德不好，我卻說我們中國法律不好；法律好了，道德也就好，人家說我們苟且偷安，消沉畏葸，我說這都不是我們生成這樣個壞根性，是因為沒有法律保護，不得不苟且偷安消沉畏葸。我們此刻中國做人太難了。人命本來就如狗命。在中國社會做事，不久就學出卑污苟賤，才能生存，若有英雄俠骨，必被社會磨折而死。剩下來只有給人家舐屁股的順民。我就是想，在有法治的國家，做人也可以容易一點，品格可以高貴一點。我是夢想這樣一個新國家的自由國民，大家在法律範圍之內，可以大開其口，大揮其筆，大展其才，大做其事，只要不犯法，誰也不能動我一根頭髮。那一個狗官干我自由，侵我的田，姦我的妹，我馬上可告他，不必託人講面求情，而有勝訴之希望。這樣一來，民氣自然由消沉而積極，由懦弱而倔強，由畏葸而勇毅，由散漫而團結，由苟賤而高貴，由衰老而少年。那裡像此刻這樣求生不得，求死未能，專舐人家的屁股呢？你要不要這樣一個新國家的積極的，倔強的，勇毅的，團結的，高貴的少年民族？

朱：我有點難過，也有點好受了。柳夫人，我癢搔著了。

5・三談螺絲釘

朱：水龍頭換好了沒有？

柳夫人：你到底是來喝茶，還是來問候水龍頭？你不會自己去瞧？

朱：我看你那樣得意，不瞧也罷，水龍頭定占勿藥了。

柳夫人：可不是呢，水龍頭無恙了！

朱：那你必定又在恨洋鬼子了。

柳夫人：說著玩吧。若當真要恨，那還恨得完嗎？

朱：我記得，你說他們螺絲釘也比我們好，一恨也；禮貌規矩也比我們好，二恨也；守義也比我們好……

柳（在夢中喃喃）：三恨也。君子有三恨，也就夠了。

柳夫人：那不行，底下還有廉，恥，合螺絲釘，禮，義，不是有五恨了嗎？

柳：你自己忘記，還有洋鬼子法律比我們好，不是六恨嗎？

柳夫人：六恨就由他六恨。什麼君子有三樂，君子有三畏，這都是隨口說說。袁子才看見『下論』專做這種八股，什麼三樂，三畏，三戒，三愆，三友，三變，所以疑心下論不甚靠得住，他說上論是好的，脫口而出，語得天然。上論是小品文，下論是八股文，先算好一，二，三，再下筆的。其實三樂三畏，都是文人腔調。難道君子真正只有三樂三畏嗎？孟子所謂父母俱存，兄弟無故，仰不愧於天，俯不作於人，得天下英才而教育之，固然可樂，浴乎沂，風乎舞雩，豈不就是四樂？聞人歌，使之和之，豈不是五樂？有過人必告之，豈不是六樂？吃栗子，啖花生，豈不是七樂……

柳：珠娘，你發痴了……

柳夫人：有過，被丈夫罵，豈不是八樂？同老朱談螺絲釘，豈不是九樂。

朱：君子也有九畏嗎？

柳夫人：畏天命，畏大人，畏聖人之言，畏老婆，畏普羅，畏庸醫，畏窮酸秀才，畏衙門司閽，畏武人愛國通電，一，二，三，四，五，六，七，八，九，九畏全有了。

朱：那末。你也有九恨了？

柳夫人：九九八十一都可以。原來君子有九思，就是三三如九，再求平方，就是九九八十一。你要做下論八股文章，說三恨，九恨，八十一恨都可以。真正要算西洋人可恨而又可佩服之處，恐怕不止百恨，就可以做一篇百恨歌。

柳：像你那樣說法，西洋人放屁也比我們強，毛廁也比我們強，恐怕千恨歌也不難做。

柳夫人：聖人教人見微知著，就是叫人不要心好大，由小及大，由邇及遠。大家開口仁義，閉口禮智，你說中國強，也一說，他說外國強，也一說。若教取眼前，抓住毛廁一端，則其優劣立見，不容你強辯了。文明兩字那種題目，範圍廣大，捉摸不定，還是腳踏實地，一樣一樣算去，高下就立見了。

柳：不過，不要失之於繁瑣就是了。

柳夫人：百恨是什麼，讓我隨口道來……

柳：你一張利口真可覆邦家。我讀了五十年書，今日才明白，婦人四德，只要三德便夠——「婦言」實在不必教，自己就會的。

柳夫人：夫子錯矣！四德所謂「婦言」，是教婦人不說話，不是教婦人說話。

所以婦德婦容婦工我都學得來，就是婦言我萬世學不來。

柳：你看見過古今中外有一個婦人不說話的嗎？

柳夫人：真真豈有此理。為什麼沒有「夫言」，只有「婦言」？「百恨」你不讓我算，我便不算，讓你們天下男子去算。

柳：不是不教你算，是教你不要重複瑣碎。我說一個笑話給你聽。有一個美國人到英國赴茶會，女僕上來問他要，『茶呢？咖啡呢？芝哥力呢？』他答『茶』。女僕又問：『錫崙（茶）呢？詹美克（茶）呢？中國（茶）呢？』他答『錫崙』。女僕又問：『檸檬呢？牛奶呢？奶漿呢？』他答『檸檬』。女僕又問：『熱呢？涼呢？冰呢？』美國人聞言登時暈過去。這樣你算算，吃杯茶也有九九八十一花樣。

柳夫人：這有何難？人家說揚州茶館有廿四種點心。讓我開一茶館，我就有七十二種春捲。

一、雞肉，香菰，筍。

二、雞肉，蝦仁，筍。

三、雞肉，蝦仁香菰。

四、蟹肉，蝦仁，香菰……

五、蟹肉，雞肉，蝦仁。
六、蟹肉，雞肉，筍。
七、蟹肉，雞肉，筍，香菰。
朱：嚼舌頭，雞肉筍。
柳夫人：朱肉，朱蹄，朱鼻，筍。
朱：牛母肉，牛母舌頭，筍。
柳夫人：牛肉不比朱肉好吃。
朱：不見得，柳舌頭很有名的。西洋大餐有柳舌湯。
柳夫人：不來了。
朱：牛舌其味甚甘。請你講下去吧。
柳夫人：他叫我不重複，也可以。廣而大之，百恨千恨都算得出來，約而言之，也很容易。五十年前，中國人就知道西洋戰艦槍砲比中國好，三十年前我們才知道西洋政制比中國好，二十年前才知道西洋文學哲學學術比中國好，現在大家才慢慢承認西洋人禮義廉恥社會秩序也比中國好。這裡頭拆開來講，百恨千恨就都有了。大家說中國偉大，中國民族如果真正偉大，就不要諱疾忌醫，正心誠意，見賢思齊，不恥下問，有容人之雅量，學學西洋人的好處。隨便談談一二樣。譬如中國音樂有樂調（melody）而無音和（harmony），這誰也不能否認。你說是株守成法好呢？是借他山之石，自己發展，創造出來中國音樂的音和，配舊有之樂調，又利用西洋的樂器，如大弦琴 Cello 之類，增加其音階範圍好呢？只要有創造的精神，何事不可闢出蹊徑，發揚光大固有之文明？茲再舉幾個例：

（2）西洋校勘學比中國校勘學精。

（3）外國書校對比中國精。

（4）外國報紙以新聞為本位，以廣告為附庸，中國報以廣告為本位，以新聞為附庸。

（5）西洋傳記學，比中國傳記好。單舉三派：Boswell, Morley, Strachey 都是中國所無的。

（6）外國百科全書體例，中國尚未夢想到。

（7）外國母雞有一年生三百粒蛋的雞種。

（8）外國人有容人之雅量，見賢思齊，中國人刻薄，見賢思妒。

（9）外國文化比較懂得小孩心理。

（10）外國人守時間。

（11）外國人比中國人清潔。（手藝文明人也未嘗不可重清潔）

（12）外國貪官替社會做事，中國貪官不。

（13）外國人能解放黑奴，中國人有買賣僕婢制度。

（14）外國第五流政客才幹學問精力抵得過中國第一流政客。

（15）外國人爽直，中國人重虛套。因此——

（16）外國辦事快，中國辦事慢。

（17）外國現代文明近人情，中國文明虛矯道學。

（18）外國老人有英邁之氣，中國少年有衰老之象。

（19）外國醫院管理比中國好。

（20）外國有博物院，中國向來無之。

（21）外國有公共圖書館，中國向來無之。

（22）外國書出得比中國多，範圍廣，內容富。

（23）外國舟車上秩序比中國好。

（24）外國喪禮簡樸嚴肅，中國喪禮繁雜滑稽。

（25）外國兵拿得到薪水，中國兵拿不到。

（26）中國人當巡捕，被外國人訓練出來便神氣。

（27）外國人打仗比中國人勇敢。

（28）幾十個外國人在殖民地，就能成立一個工部局，幾十個中國學生或華僑同在一城，未有不分為兩個對立的「學生會」等。

（29）中國刊物流行匿名罵人，外國編輯不登此種稿件。

（30）外國乞丐告地狀，所寫的是格言，勸人上進樂觀，有供有取；中國乞丐以爛瘡觸人目。

（31）上海改良洋車夫生活，外人最熱心，討論最活潑，中國人組織團體，阻撓此事社會漠視之。

（32）外國人辦賑災有良心，中國災官視為發財捷徑。

（33）日本輪船駛往倫敦亨堡等埠，中國出一個招商局。

（34）太古輪船起貨卸貨比中國輪船快，船期比中國準。

（35）外國領事保護外僑利益，中國華僑少受領事幫忙。

（36）輪船失事，戲院失火，外國比中國秩序好。

（37）外國救火隊管理比中國救火隊行。
（38）外國店伙計比中國伙計有禮。
（39）外國電報比中國電報快。
（40）外國學堂不欠薪，中國學堂欠薪；外國學生比中國學生尊師敬長；外國教授比中國教授用功；外國學堂不發現手槍；外國校長普通是個德學兼優的長者。
（41）外國司閽沒有中國司閽勢利。
（42）外國電燈，自來水，汽車好。
（43）洋人監督之海關鹽務解與中國政府稅入多。
（44）洋人管理的海關郵政對職員待遇好，比較講成績，比較不講私情，辦事人較安心。
（45）中國皮匠皮鞋做不過外國人。
（46）外國胭脂比中國胭脂好。
（47）外國學術界多創作精神，家法之謹嚴，思想之豐富，皆遠超過中國。
（48）外國武人只是軍官，中國武人是山皇帝。

（49）外國治安比中國好。

（50）外國司法比中國好。

這已有半百了。那裡講得完呢？

總而言之，外國強，中國弱，你能說只是器械之精，螺絲釘之巧，你能說只是物質文明工業文明嗎？居今之世，聞古人所未聞，見古人所未見，好學者，自然深思，不好學者，也不免深思以求其故。若還以為中國道德文明勝於西洋，不閉門思過，發憤圖強，那末，中國真真不可救樂了。

6．四談螺絲釘

朱先生剛跨入柳家，就聽見他們倆夫婦爭辯之聲，以為出了什麼事了，連忙拔起腳往裡跑，要做個和事老。

『你別哄我。專門說這種欺人的話！』他聽見柳夫人氣憤憤的說。

『誰來哄你？你自己聽錯了……』柳先生答道。

『罷了，罷了，什麼事啦？也可以好好的講』，朱先生走上來向他們兩人講。

柳夫人：哎，他說杏仁之仁字，作心字解，典出金樓子，金樓子我是沒看過的。這不是明白嘔人嗎？後來我跟他辯，他才說，他剛才說的，不是『天下杏仁』，是說『天下與仁』。

柳：老朱，請你公評一下。我的話對不對？你想杏仁何以叫做仁呢？我說仁字有『心』義，並引『仁，人心也』為證。她說也不見得，『蝦仁』不見得是蝦心。

我說蝦仁是去蝦之外殼，明指與蝦之外表相對。她說『那末，井有仁焉，也必定是說井裡有蝦仁了』。請你評評，是她嘔我呢，是我嘔她呢？

朱：我以為什麼事，這種小事，也值得吵，鄰家都聽得見。

柳：原來我批評她的人治法治論，她就有點不服。我說人治法治並沒有什麼大不同，她說有。我說她是法家，她也一口咬定她是法家，我便拿出道家的話來壓她。

柳夫人：他在做愛國者呢？看見我把中國禮義廉恥批評得不值一文，遂托出一個『仁』字來強辯。你聽他講，聽他替東方文明作辯士。我早就說東方思想之特徵不在儒，而在道，所以他要和我辯，就不得不講『仁』了。

朱：怎樣一回事？連我都聽糊塗了。老子說『絕仁棄義』，『大道廢，有仁義』，是很看不起仁。『仁』字是儒家的拿手好戲，怎麼變成道家的遺產了？

柳夫人：是這樣的。孔二先生老是說仁，但總說不出一個仁的影兒來，讓人捉摸不定，瞻之在前，忽焉在後。顏淵問仁，孔子說『一日克己復禮，天下歸仁焉，為仁由己，而由人乎哉』？等到顏淵請問其目，孔子答的卻不是仁之本身，而是禮了（『非禮勿視，非禮勿聽……』）這叫人怎麼辨呢？仲弓問仁，孔子說的又是

禮，『出門如見大賓，使民加承大祭……』推敲其用『仁』字，是與知相反，是主靜的，主安的，故有『仁者靜』，『仁者安仁』『天下歸仁』，『君子無終食之間違仁』，仁可以歸，可以違，可以安，是靜不是動，而這靜不說是道家本色嗎？

柳：珠娘這些話說的不錯。請夫人不必生氣，我們好好的講。原來孔子就是道家。

朱：什麼？

柳：我說孔子就是道家，至少得了道家一脈，不是道家，他就不講人治了。所以我要替人治辯一下，不得不托出一個仁字來。我老實不是替東方文化辯，想做一愛國者。要真正批評東西文化，非先看準仁字一字不可。仁者何，叫人做人而已，那一個文化叫人做人，做得像樣，做得安樂，便是好的文化。什麼科學，哲學，宗教，發明，改良，進化，都是餘事。人生之目的是快活，不是進化。你要批評東西文化，就得先把這個標準拿定。老老實實我們禮義廉恥都不如外國人，只有在叫人做人道理，有點意思。也不是只有中國人懂得做人道理，中國人禮義廉恥輸與人，根本就做人做不大像樣。但是此有所短，彼有所長，儒有所短，道有所長。儒家專談的是居喪年月，棺槨尺寸，早已笑痛墨翟和莊周的肚皮。若說這是儒家的精義呢，那麼儒家該死。但是幸而儒家尚有個仁字不過講得含糊罷了。可是這仁字終究成為儒家最高的理想，猶如禮運大同終究成為儒家的政治理想。不過仁也說了，大同也說了，但總是懸空的，實際上儒家所行的是小康，不是大同，是禮不是仁。所以我於儒家之儒，認為小人儒，於儒家之道，才認為君子儒。實際上講禮的多，講仁的少，所以我也看不大起儒家了。儒家之唯一好處，就是儒教中之一脈道教思想。孔子之偉大就是因為他是超乎儒教的道家。

朱：你剛才說孔子是道家，這怎麼說法？

柳：孔子一個人跟我們一樣，有時想入世，有時想出世，有時想幹一下，有時想乘桴浮於海。你想孔老先生坐一張木筏在東海飄流，乘風破浪，隨其所之，不是徹底一個道家嗎？孔子乘桴過大海，老子騎青牛過函谷關，其中有什麼分別？四十而不惑，五十而知天命，這不是道家嗎？六十而耳順，這不是養生要訣嗎？七十而從心所欲不踰矩，這不是可做天台山道士騎鶴羽化而登仙嗎？假使孔子生於今日，目睹這個亂世，喪土辱國，假使他不是個修養十足爐火純青的道士，請問他的耳朵順不順，能一點不生氣嗎？天命之謂性，率性之謂道，這『率性』兩字怎解？不是道家思想是什麼？這『命』字怎解，『性』字怎解，『道』字怎解？

朱：依你這樣講，孔子曾子子思都是儒家兼道家之流了。諸葛亮孔明也是道家兼儒家了。

柳：正是。我想中國人生下來就是一個道家。有時展出治國經綸，暫做儒家，可是骨子裡還是道家，一旦無法對付，尿就甜了，下野歸田，優遊林下。所以中國人在朝時都是儒家；在野時都是道家；成功時都是儒家，失敗時都是道家；幸福人都是儒家，窮苦人都是道家。道家再進一步，病入膏肓，就變成佛家，窮苦而至於無告，忍無可忍，不是投河，就是出家。所以富者為儒，窮者為道，窮得不得了者為釋。管事時為儒，不管事時為道，事真管不了就去做和尚。中國人之神經專靠這道家道理節制調攝，揖讓之餘，也得來一下優遊林下，不然一天揖讓到晚，一定發狂。所以中國好的詩文，都是道家思想，都是敘田園林泉之樂，假如一天到晚念那些狗屁不通的經濟文章，劇秦美新，歌功頌德，中國整個民族要進瘋人院了。這是道家思想對中國文化之遺賜。

柳夫人：但這與中西文化何關？我還是說，中國人命如狗命，人還是在西洋國度做得像樣，做得高貴。

柳：我剛才是跟你嘔氣。你說西洋國度，人做得像樣，我也承認；人家一腳把西人踏在地上，西人不滾在地上叫敵人爸爸，我也承認。

柳夫人：那不是明明因為人權有法律的保護嗎？

柳：這話我也承認。不過有利便有弊。外人剛強，華人柔弱；外人進取，華人安分；外人動，華人靜；外人陽，華人陰；外人是火做的，華人是水做的。我問你一句話：假定你未出閣，你要嫁給洋人呢？要嫁給華人呢？

柳夫人：當然嫁給華人。

柳：這就是我的意思。有東方丈夫，有西方丈夫，這東方丈夫就是東方文明之結晶，西方丈夫就是西方文明之結晶。假定我未婚，也是想娶中國女子，不娶西洋女子。這為什麼呢？也不盡在於飲食居室之不同。抽象言之，中國丈夫輸於西洋丈夫嗎？中國太太輸於外國太太嗎？這是中西文化最後的標準，看他教出的人是怎樣。我總覺得中國人溫柔忠厚明理一點。中國國勢弱於日本，也是事實，但是個人並不壞於日本人。這個個人就是文化最後的目的。

柳夫人：我想文化最後的標準，是看他教人在世上活的痛快不痛快。活的痛快便是文化好，活的不痛快，便是文化不好。

柳：像中國的陶淵明那樣恬淡自甘的生活，中國文化能養出一個陶淵明，你能說中國文化不好嗎？能養出一個夜遊赤壁的蘇東坡，你能說中國文化不好嗎？

朱：你可別讓普羅聽見，要說你落伍了。

柳夫人：狗娘養的。那些拾人牙慧嗚桑樹顛采菊東籬下的生活，據說並非大眾的農民的生活，而赤壁賦江上之清風與山中之明月是資本階級才有的。放屁不放屁？普羅不要人家賞菊，只要人家吃芝古力糖。菊花中國所有，所以一賞就是落伍，芝古力糖出自西洋，共女學生食之就是革命。我看他們的靈魂不是臭銅坯做的就是芝古力糖做的。黃金黃金，一切是黃金。不是黃金就不值錢。

柳：普羅作家是什麼，就是窮酸秀才之變相。聽他罷了。現代中國人，酸得厲害，本來就是神經變態。聽見兩句笑話，就想亡國。真是勞倫斯所謂『半卵』之流亞，自經於溝瀆，可也。所以我要講仁。意思是講講做人的道理，希望做人也要健全一點。

朱：仁字怎麼講？

柳：仁字向來最難解，也最淺現。據我看來，仁就是做人而已，所以淺現；可是『人』是什麼東西，沒人知道，所以難解。你看孔子說『天下歸仁』『三月不違仁，』孟子說『居仁由義』，這講得何等玄妙？怎麼叫做『居』？怎麼叫做『歸』？怎麼叫做『不違』？『不違』時是怎樣？『違』時是怎樣？這顯然是講一種得人情之正的境界，居於此種境界，叫做『居仁』。後來孟子把他分出惻隱，羞惡，辭讓是非之心，惻隱只是仁愛，合四者才是仁之廣義。不然『回也其心三月不違仁，其餘則日月至焉而已矣』那裡講得通呢？老子所看不起的，也是王莽一流人之假仁假義，不是做人的道理。希臘文化之理想是『達才』，故稱人生之理想為得達其才（The exercise of one's Powers in their lines of excllence），中國文化之理想是達情。這達情的境界是難做到的。為什麼難做到呢？……

柳夫人：我知道了。

柳：你知道什麼？

柳夫人：一貫。

柳：好！人總是矛盾，破碎。誰能抱一，守一，就能一貫。現代人就像一面破鏡，原來一物，照到鏡裡影就亂，或是像一架破琴，發出的是沙沙的啞聲。欲琴聲韻和，必先自身調和。由破碎達到完整，由矛盾達到調和，這就是仁的境界。道家歸真返樸，也是一條路，儒家應世，求得人情之正，也是一條路，相差無幾了。

柳夫人：好，你把儒道合一了。不過，我心中還有一點缺憾。
柳：什麼？
柳夫人：你把法家丟開了。
柳：毛廁法家，你也太強項了！
柳夫人：你要合儒道，我要儒合道法。儒道二家只能滋陰，法家才能補陽。以西人之法補東方之儒道，這樣的世界做人可真就有意思了。
柳：和尚那裡去了？
柳夫人：和尚是人類的贅瘤。在家人不生和尚，和尚早就滅種。若是生育得太多，讓幾個去做做和尚也無妨，就好比一人有十個指頭，有一指殘廢，或麻木不仁，也不礙事，你說是不是？
柳先生愛她極了，俯首吻她而不答。……
等他們吻完，柳夫入忽然抬頭看朱先生，怕難為情。
柳夫人：老朱怎麼不見了！
朱先生已悄悄地走到大門口了。

第二天得老朱來一短札如下：珠娘老柳。昨夜步月走訪，賢伉儷一會兒吵，一會兒好，發乎辯而止乎吻，豈所謂得人情之正者歟？徘徊月下思之，皆因多長一張口耳。然兩道兩儒，一法互吻，其勢不能平，所以不辭而退者以此。弟將騎青牛去也。螺絲釘白。

7・英人古怪的脾氣

一

中英民族相同之處甚多，惜現代中國人已失了古風，不然倒可為英人所十分敬重古代的華族是一種自尊的民族，對於外人含有相當的傲慢，正如今日的英人，但現代英人所接觸的華人，除了買辦西崽之外，又多半是洋奴派的精通英語青年，一見外人特別衛生文明，與外人談，又必恭必敬。殊不知英人為傲慢自尊之民族，而所喜者亦人之自尊，脅肩諂笑，必恭必敬，欲以取悅於人者，反取憎於人。在英人看來，簡直以之與印度埃及殖民等量齊觀。於是兩方不得平衡之勢，而我方愈趨愈下矣。此雖交際小事，實足影射中英之外交。細察中國外交手腕，只識得聘摩登女郎與西人歡宴，及在碼頭歡送西洋官吏，此景此情，與洋奴之伈伈晛晛侍奉大班者，相去無幾，然則洋奴亦不必深責矣。惟陳友仁之外交為自尊的外交，不開跳舞會，不請冰琪琳，不言國際親善，主力不主愛，乃於漢口政府時代，獲得英人之敬重而收回租界。試思此時他國尚在觀望何以英人特先送回租界，則英人古怪的脾氣，便知過半矣。英人恨漢口政府，同時亦敬漢口政府。十四年香港罷工，英人恨華人，同時亦敬重華人。最近日人在虹口之橫行無道，而反得工部局之委曲求全，實則英人以平等國視之而已。凡此種種，皆所以洞窺英人脾氣之處，在外交上如此，在日常生活上亦如此也。

英人既為傲慢的民族，使人難於接近，中國稍為自尊之國民，亦不屑親近英人，親近英人之國民又奴婢成性。如此英人既不屑自解於國人，守古之國人又不屑邀英人之諒解，於是兩國之中如生一層膈膜，而兩國相同之處，遂不可見，英人古怪之脾氣，亦少能窺其底蘊者。實則若英人之守舊好古，中庸，頑固，務實際，輕理論，明禮法，別尊卑，敬長上，重友誼，皆有幾分與中國理想道德相似。若其守秩序，寡言笑，惡誇揚，主剛毅，講公道，更有許多華人所不及之處。華人之懦弱，卑怯，恃勢凌人，畏強欺弱，好佔小便宜，善誇張，好吵鬧，崇糊塗，更與英

人大相逕庭矣。然若今日末世風俗，孟子所謂南方之強與北方之強皆蕩然無存，此種末世輕浮之弱點，究係中國盛世之風，及以淳樸為理想之生活中所應有，尚可從遠處著眼，存疑以待後日。

二

美人好拍肩握手，一見如故，（青年會派尤甚）法人亦好言過其實，指天畫地，惟英人道貌岸然渾身紳士架子，拒人於千里之外，故華人與英人親善者少。法人摩盧瓦 Anre Mdaurois 近著一書，名為 A Private Universe 專言英國民性，對於此點，有極精確的按語：『汝初到英國時，必怨言曰：「吾無法了解英人，英人亦無法了解我」。但切莫灰心。須知英人一旦引汝為友，則終身如故。試讀 Lawrence Revoltin the desert，（此書述歐戰時一英人唆使亞剌伯人叛變以制土耳其故事）便見一英人不辭艱險，半途折回，經過沙漠以覓一留在後方之亞剌伯常人。英人最好之友誼，便是如此。』見英人時，勿急於攀交友好，亦勿多作親摯語，惟略略點頭，略存身分，聊有守身如玉擇友維慎之意。介紹之後，途中相見，亦作路人視之，彼且以汝為皇親國戚華門貴裔。三次見面，始略作門面語，則彼心悅誠服，以為汝非易攀交之人。如是則彼此相敬以平等相待矣。及其氣味相投，有意為友，則英人視汝如同家人，住其家，戲其兒，皆無所不可。總以不卑不亢，平等相律，於謹守秩序之中，夾以隨便，彼此不必客氣，只以老實相處，便可為終身好友。英人友誼極厚，中國古代上下榻之深情厚意亦不過如此。有急緩亦息息相關。余居滬上數年，亦得悉二三英人，然非深交，而於患難危急之際，如滬戰時期身在倫敦，家人得英友之照拂，反比華友關情。然則今日中國之友道，且不如英人矣。

中國人好講五倫，及禮義廉恥，以為儒家獨得之秘，然世上偏有此等奇事，禮義廉恥，外人雖無禮教，亦知之也。忠信，禮之本也，而英人不待儒道各教，亦知忠信，豈老子所謂失德然後仁，失仁然後義，忠厚自在人心？不但英人之忠信為今日華人所不及，即儒家所引為奇貨之敬長扶幼人倫大端，英人竟亦知之，奇不奇乎？想西人雖無禮教，卻有批評的文化，一切自由批評，恐將來固定的禮教仍敵不過自由的批評也。倫敦巡警之禮貌，勝於中國巡警之禮貌，倫敦司車之謙和，亦勝於上海電車司車之謙和。吾嘗見倫敦巡警扶老婦過街，大驚失色，詢之女房東，謂固向來如此也。上海之中國巡警肯扶我老母過街乎？恐孔子見之，亦將浮居九夷之

念，退之見之，亦將嘆為三代之風。吾又嘗在倫敦地道車中吸煙，司車者輕聲附耳告我吸煙車在隔壁，此蓋大國之風，為之心折不已。英人長幼秩序極嚴，少輩對長輩唯諾，必加 Sir 字。吾到底不知是否儒家信徒，聽來非常歡喜，恐骨子裡仍是道學也。中國人最講禮法，而禮法講得不好。今日中國最大毛病，乃在於社會紀律（Social discipline），而英人之守紀律守秩序，反強於我。英人見有『勿走草地』即確不走草地，中國『勿走草地』，即等於『請走草地』。究其原因，乃因凡要人皆抱『管他媽的』主義，玩視社章玩視國法。於是上行下效，大要人蔑大法，小要人蔑小法，而玩視法章乃成為普通習慣。借閱故宮寶物歸家玩覽，是其例也。

吾嘗謂華人禮風之厚在於鄉村，一到城市，則路人皆仇敵，同電車者仇敵，同買票者亦仇敵。外人聞中國禮教之名，私心企慕而來，及見戲院門前之吵鬧，直如一群流氓，乃大失望者，不知凡幾？然則吾國尚足稱為禮義之邦以自豪乎？禮義果係儒家之奇貨乎？此中光景，最可於西崽見之。吾嘗打錯電話，有西宅華僕來接，其初曰 Hello，其聲極婉和，蓋以我為西人也。及聽我口音，知是同胞，忽厲聲曰：『豬玀，此地外國人家』！吾苦不能言，蓋前段 Hello 之聲音，非儒國之聲調，後段『此地外國人家』，乃禮義之邦之聲調。試思即係同胞，亦何必鹵莽相輕至此。中國其亡乎？

間嘗思之。英人此種風氣，乃今日文學界所輕之維多利亞時代之遺風。國強則禮盛，大家以大國之民自居，故好大國風度；國弱則禮衰，大家互相輕蔑，於社交，於文學，於政界皆逃不出此種現象。國既衰，那裡用得著所謂雍容禮讓，人心不樂，且失自重心使然也。

至英人在上海之悖慢可惡，有許多原因，一，因英人居滬者多半下流商賈，外僑在北平者，乃多士人禮貌便復不同。二，因海埠沿習下來十九世紀葡萄牙水兵之傳統，既不懂中文，復不知中國文物為何物。至今英人俱樂部相傳說之故事習見，皆由葡萄牙水兵正統相沿而下。曾見英報 The New Statesmen 說上海英人曰：『在俱樂部中夜話，除談拍球運動而外，惟有交口臭罵中國人之巧詐，愚笨，失禮而已。蓋其所接觸華人，非公司下級職員，即家中老媽侍僕而已』。三，因中國人既失自尊心，凡遇外人，一味逢迎，滿口 Yes Sir，我既以殖民自居，人亦以殖民視之。故在上海公共場所，皆看不見西人禮貌也。

8．大義覺迷錄

雍正此人奇怪了，火氣又大。他不像適之，人家罵他，他必嘵嘵置辯。《大義覺迷錄》便是這樣四卷六七萬字為清室及為自己闢謠的一部書，因為有湖南儒生曾靜呈『逆書』給四川總督岳鍾琪慫恿種族革命而罵雍正皇帝害父，逼母，弒兄，屠弟，貪財，好殺，酖酒，淫色，所以做出來希望『大白於天下』的。原來把曾靜拿來殺頭，或凌遲處死，夷家滅族便可完事。雍正不出此，反故作寬容——此或是政治手腕，假仁假義，也不一定——只把曾靜放逐，又把曾靜十三條供語及雍正的十三條問訊刊出。問辭自然長於答辭，都是自辯文字，不但對害父逼母弒兄屠弟加以辯正，並人家說他喝酒，他也要辯兩句並不怎樣喝酒，這樣看來以一天下之主與一彌天重犯之鄉僻寒儒落第書生對簿於民眾讀者的公庭上，未免有點所謂『失皇帝的身分』了。據他卷首的上諭：『朕見逆賊之書，坦然於胸中，並不忿怒，且可因其悖逆之語，明白曉諭，俾朕數年來寢食不遑，為宗社蒼生憂勤惕厲之心得大白於天下後世，亦不幸中之大幸事也。』因此在卷首另一上諭，他說『著將呂留良，嚴鴻逵，曾靜等悖逆之言及朕諭旨，一一刊刻通行，頒布天下各府州縣，遠鄉僻壤，俾讀書士子及鄉曲小民共知之。並令各貯一冊於學宮之中，使將來後學新進之士，人人觀覽知悉。倘有未見此書，未聞朕旨者，經朕隨時察出，定將該省學政及該縣教官，從重治罪。』這就奇了，經此一諭，不令人讀此書便變成一種刑法上的罪案。這使我想到：（一）『天下是非公論』做皇帝的也是要顧到的；（二）當時謠謗實在滿布西南西北省分，雍正實在心虛，故必出此；（三）由雍正之自辯，反而透露許多今日不易得到的消息，連呂晚村曾靜之種族革命思想，也在此書保存了。乾隆皇帝大概早已見到此『欲蓋彌彰』一層，所以把這雍正諭旨頒布並定『不讀為有罪』的書列為全燬禁書。是乾隆聰明呢？還是雍正聰明呢？我想雍正當局者迷，還是乾隆旁觀者清。

此書實在有許多寶貴史料，尤其是關於雍正嗣位的一段疑案，當日種種不可外揚的家醜，都被他宣揚頒布出來了。卷一有兩篇通共萬餘字的上諭，是力闢華夷種族之見，寫得實在不錯。卷一之末至卷三是書之主要部分『奉旨問訊曾靜口供十三

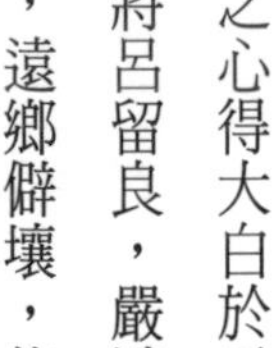

條』也是最有趣的部分。卷四前一上諭力闢呂留良的革命學說，引了許多現在無從看到的呂氏文集及日記的話；又一上諭是駁詰嚴鴻逵的謗語也引了許多嚴鴻逵日記的話。最後附以曾靜長一萬餘字的悔罪書『歸仁說』，文筆論調自然與雍正同一鼻孔出氣。全書精彩實不在曾靜的口供，而在那些似辯似議的鞫語。名為皇帝審重犯，實在是皇帝同重犯劇辯於『天下後世是非公論』之前。

雍正為人奸險猜忌大家知道的。他曾錮殺阿舅隆科多，貶放功臣年羹堯——兩位同他陰謀繼位的人。其先康熙因為諸王驕縱，皇儲屢定屢廢，弟兄起了火併，至康熙痛哭流涕。雍正得計登極之後，諸弟兄自然各懷異志，散布謠言，時有不穩之勢。後來阿哥允礽也被錮禁。允禩允禟，除了屏出宗籍之外，並勒令改名為豬狗（滿語『阿其那』『塞思黑』）而終於被殺獄中，這也是骨肉人倫之大變了，其對曾靜雖然異想天開，借犯人之反正自省以為自己作宣傳，而寬其性命，然而對於早已死去之呂留良並不寬容，將其裔孫學生一齊捕拿。其先後做作，都可稱為奸雄之主了。

《大義覺迷錄》卷一辯華夷觀念之名論，日人稻葉君山在所著的『清朝全史』（中華書局有譯本）已經抄錄一大部分，不再引錄於此。內有精警語曰：『不知本朝之為滿洲，猶中國之有籍貫。舜為東夷之人，文王為西夷之人，曾何損聖德』？以後是講『氣數』及君德，即今之所謂『王道』也。若論事實，當時李自成實在也可怕。雍正辯明末失政的文中有這麼一段的消息：『不法將弁兵丁等，又借征剿之名，肆行擾害，殺戮良民以請功，以充獲賊之數。中國人民，死亡過半。即以四川之人，竟無孑遺，其偶有生存者，則肢體不全，耳鼻殘缺，此天下人所共知也。康熙四五十年間，尤其目睹當時之情形，父老涕泣道之者』。中國禮義之邦，道德仁義談了兩千年，還脫離不了此種野蠻狀態！然而四川人民雖然「竟無孑遺」今日還是戶口繁殖，有幾千萬的人肉巍然獨存乎天地之間特人屠殺。中國民種強於蚊子蒼蠅，真神聖不可思議矣。你說中國人的『種』真會『滅』嗎？

在未抄錄關於弒兄殺弟一段，我先抄一條有趣文字，可見曾靜之前後思想，亦可見當時之內地情形。

問曾靜

旨意問你書內云，『土田盡為富戶所收，富者日富，貧者日貧』等語。自古貧富不齊，乃物之情也。凡人能勤儉……你以為富者日富，貧者日貧，俱歸咎於君上有何理據呢？

曾靜供：此是太平日久，民間輾轉，積而成弊，固自然之勢，不關君上。……豈知貧以游惰，而致富因勤儉而得。此等不齊，自天降下民已然，原非人力所能挽。蓋天之生物不齊，因五氣雜糅，不能一致；人之昏明巧拙，才質不同，乃造化之自然，雖天亦無可如何……況天道福善禍淫，更幽遠莫測。其窮困者，安知不是天厄之？其豐亨者，安知不是天相之乎？……

把貧富不齊由皇上肩上推到「天」，於是皇上曾靜皆無罪。（其實曾靜口供，誰保不是朝臣代擬？即使確出於曾口，反省文字本來如此，不足重輕。還是應看問鞫語中所引曾著『逆書』文字，方是真正的曾靜。）

關於害父逼母弒兄屠弟之辯，及當日謠言四布之情形一段，見於卷三，頁三三至頁四四。茲抄錄該段上諭原文於左：

據曾靜供稱：『伊在湖南，有人傳說先帝欲將大統傳與允禵。聖躬不豫，時降旨召允禵來京，其旨為隆多科多（按即皇後父佟國維之子，雍正稱之為舅舅，曾助雍正登極，後殺之）。所隱。先帝賓天之日，允禵不到，隆科多傳旨，遂立當今。其他誹謗之語，得之從京發遣廣西人犯之口者居多』等語。又據曾靜供出傳言之陳帝錫，陳象侯，何立忠三人，昨從湖南解送來京。朕令杭奕祿等訊問此等誣謗之語，得自何人。陳帝錫等供稱：『路遇四人，似旗員舉動，憩息郵亭，實為此語。其行裝衣履，是遠行之客，有跟隨擔負行李之人，言從京師王府中來往廣東公幹』等語。查數年以來從京遣發廣西人犯，多係阿其那（即允禩）塞思黑（即允禟）允禵允䄉門下之太監等匪類。此輩聽伊主之指使，到處揑造，肆行流布。現據廣西巡撫金鉷奏報：『有造作逆語之兇犯數人，陸續解到訊。據逆賊耿精忠之孫耿六格供稱：『伊先充發往三姓地方時，於八寶家中有太監於義何玉柱向八寶女人談論：「聖祖皇帝原傳十四阿哥允禵天下，皇上將十字改為于字」，（按允禵為十四哥，雍正為四哥）又云：『聖祖皇帝在暢春園病重，皇上就進一碗人參湯，不知何如，聖祖皇帝就崩了駕，皇上就登了位，隨將允禵調回囚禁。太后要立允禵，皇上大怒，太后於鐵柱上撞死。皇上又把和妃及他妃嬪留於宮中』等語。又據達色供：『有阿其那之太監馬起雲向伊說皇上令塞思黑去見活佛，太后說：「何苦如此用心」？皇上不理，跑出來。太后怒甚，就撞死了。塞思黑之母親亦即自縊而亡』等語。又據佐領華賚供稱：『伊在三姓地方為協領時，曾聽見太監關格說皇上氣憤母親陷害兄弟』等語。八寶乃允䄉管都統時用事之鷹犬，因抄蘇克濟家私一案，聖祖皇帝特行發遣之惡犯。何玉柱乃塞思黑之心腹太監。關格係允䄉之親信之太監。馬

起雲係阿其那之太監。其他如允禩之太監馬守柱，允䄉之太監王進朝吳守義等，皆平日聽受阿其那等之逆論，悉從伊等之指使，是以肆行誣揑，到處傳播流言，欲以搖惑人心，洩其私念。昨據湖南巡撫趙弘恩等一一查出奏稱：『查得逆犯耿六格吳守義馬守柱達色霍成等經過各沿途稱冤，逢人誹謗。解送之兵役住宿之店家等皆共聞之。凡遇村店城市，高聲呼招：「你們都來聽新皇帝的新聞！我們已受冤屈，要向你們告訴，好等你們向人傳說。」又云：「只好問我們的罪，豈能封我們的口？」』等語。是此等鬼魅之伎倆，一無所施，蓄意設謀，惟以布散謠言為煽動之計，冀僥倖於萬一而已。夫允禵平日素為聖祖皇考所輕賤，從未有一嘉予之語。曾有向太后閒論之旨『汝之小兒子即與汝之大兒子當護衛使令，彼亦不要』。此太后宮內人所共知者。聖祖皇考之鄙賤允禵也如此，而逆黨乃云聖意欲傳大位於允禵，獨不思皇考春秋已高，豈有將欲傳大位之人，令其在邊遠千里外之理？雖天下至愚之人，亦知必無是事矣。祗因西陲用兵，聖祖皇考之意，欲以皇子虛名坐鎮，知允禵在京毫無用處，況秉性愚悍，素不安靜，實借此驅遠之意也。朕自幼蒙皇考鍾愛器重在諸兄弟之上，宮中何人不知？及至傳位於朕之遺詔，乃諸兄弟面承於御榻之前者，是以諸兄弟皆俯首臣伏於朕前，而不敢有異議。今乃云皇考欲傳位於允禵，隆科多更改遺詔，傳位於朕，是尊允禵而辱朕躬，並辱皇考之旨，焉有不遭上帝皇考之誅殛者乎？朕即位之初，召允禵來京者，彼時朕垂涕向近侍大臣云：『痛值皇考升遐大故，允禵不得在京，何以無福至此？應降旨宣召，俾得在京，以盡子臣之心』。（語堂案：不知他人以此為何，余意能作此類文章之人最不敢信此一類話）。此實朕之本意，並非防範疑忌而召之來也。以允禵之庸劣狂愚，無才無識，威不足以眾，德不足以感人，而陝西地方復有總督年羹堯等在彼彈壓。允禵所統者，不過兵丁數千人耳。又悉皆滿洲世受國恩之輩，而父母妻子俱在京師，豈肯聽允禵之指使而從為背逆之舉乎？（雍正此處文筆略亂，愈講愈不可解。焉知康熙非重用允禵以監察年羹堯？讀之愈滋疑竇。況年羹堯之不穩，正是事實。）其以朕為防範允禵之來京者，皆奸黨高增允禵聲價之論也。及允禵將到京之時，先行文禮部，詢問見朕儀注，舉朝無不駭異。及到京見朕，其舉動乖張，詞氣傲慢狂悖之狀，不可殫述（此等處正是雍正要人讀處），朕皆隱忍寬容之。朕曾奏請皇太后召見允禵太后諭云，『我只知皇帝是我親子。允禵不過與眾阿哥一般耳。未有與我分外更親處也』。不允。朕又請『可令允禵諸兄弟入見否』？太后方俞允諸兄弟同允禵進見，時太后並未向允禵分外一語也。此現在諸王阿哥所共知者。後允禵於朕前

肆其咆哮，種種不法。太后聞知，特降慈旨，命朕切責允禵，嚴加訓誨。此亦宮中人所共知者。允禵之至陵上，相去太后晏駕之前三四月，而云太后欲見允禵而不得，是何論也？且何玉柱云，『太后因聞囚禁允禵而崩』。馬起雲向伊妹夫達色又云『太后因聞塞思黑去見活佛而崩』。同一誣揑之語，彼此參差不一者如此。且塞思黑之去西大同，在雍正元年二月，朕將不得已之情曾備悉奏聞太后，太后是而遣之者，並非未請慈旨太后不知不允之事也。即允禵之命往守陵，亦奏聞太后。欣喜嘉許而遣之者，亦非太后不知不允之事也。雍正元年五月太后升遐之時，允禵來京，朕降旨封伊為郡王切加教導，望其省改前愆，受朕恩眷。後伊仍回陵寢地方，居住其間，阿其那在京塞思黑在陝悖亂之蹟，日益顯著。是其逆心必不可折，邪黨必不肯散，而雍正四年又有奸民蔡懷璽投書允禵院中，勸其謀逆之事，朕始將允禵召回京師拘禁之。是允禵之拘禁乃太后升遐三年以後之事，今乃云太后因允禵囚禁而崩，何其造作之亂錯至此極耶？……

以下是辯塞思黑母親自縊而亡，及歷數阿其那塞思黑之罪。計此上論，原為寬宥曾靜不准群臣所請正法而作，竟成洋洋八千餘字長文，雍正亦好辯而其苦衷亦可見矣。

此種文字頗似兩方互誣駁詰的申報評前廣告，使當時有申報，雍正必不惜幾百元登一全頁廣告可知。然此類廣告上之駁詰文字，每使人愈讀愈糊塗，此文給人印象，亦復如是，乾隆全燬之，確有卓識。所可知者，諸王兄弟相繼禁錮而死，確是事實。骨肉相殘，亦云慘矣。

9・論握手

東西文化不同之點甚多，而握手居其一。西人見面互相握手，華人見面握自己手。我想西人最可笑的習慣，就莫過握手這一端。西方文明，我能了解，西方習俗，我也很多贊成，外國哲學美術都還不錯，甚至外國香水絲襪以及戰艦，我都承認比中國貨強，只有西人何以今日尚保存這握手的野蠻習慣，我至此不能了解。我知道西方社會也有人反對這種習慣，如同有人反對帶帽帶領一樣。但是這只限於一部分人，於普通社會無甚影響；大部分的人總以為這種小事，聽之罷了，何必小題大做？我就是喜歡注意這種士君子所不屑談的小問題的一人。西人行之，尚有則可，東施效顰，真可不必，但事已至此，積重難返，已有萬難挽回之勢了。所以實際上，雖明知這習慣之野蠻不合理，也唯有吾從眾，只不過每握手時心裡委實難過，在此地說說罷了。

稍有研究西方風俗史的人都知道免冠（脫帽）握手是發源於中世紀野蠻時代。其時綠林豪傑及封建勇士，天天比馬賽劍，頭戴的是銅盔，腰佩的是利劍，手帶的是鐵套。銅盔之前有活動的面部，叫做 Vizor 仇敵來面部便放下，朋友來便掀起，或者全盔免去，以示並無敵意：免冠之源始於此。再仇敵來手便按劍，朋友來便脫去鐵手套，與之握手，同樣的表示我右手並不在按劍想殺你：握手之源始於此。現代人既不戴盔，又不佩劍，兼無鐵手套，見面還是大家表示並不準備相殺，實在太無謂了。社會禮俗本來是守舊性的，以故沿襲至今，不思之甚也。

我所以反對握手，大約可分衛生上、美感上及社交上的三種理由。你想兩人相遇，出手為質，或者男女授受，這其中有多少不同的疾徐輕重久暫的變化。假使有人要取美國博士學位，儘可寫一篇『握手種類之不同及時間狀態之比較的研究』為博士論文，可就時間之久暫，用力之重輕，乾濕之程度，心理之反應，肉感之強弱，作種種分析比較，再研討兩方性別及高度之不同的配合（分『第一類甲種之三C』，『第二類丙種之五E』等），皮膚之粗細與其人職業上之關係，乾濕之程度與情感之敏鈍等等。假若某君記得多算幾個百分之幾，多畫幾張高度表，博士固囊中物也，只要他肯寫得十分艱澀無味。

先說我反對握手之衛生上的理由。你看西人坐上海電車，看見銅板，避之若浼字，西報上通信欄我就看見有人說這臭銅板簡直就是病菌之巢穴，致病之媒介。然而西人何以見了阿貓阿狗便不妨與之拉手？難道他敢相信阿貓阿狗沒有摸過這臭銅板嗎？甚焉者，有時看見癆病鬼咳嗽時很衛生將手掩口，咳完即伸手與你握別。所以吾中華各人自握其手實較合於科學原理，拱手之源，我雖然未攷，但是由醫學上衛生上講比拉手文明，這是誰也不能否認的。

其次，談談美感上及社交上的理由。手者人身上最靈活最敏感之一器官也。故握手之變化極多。你把一隻手交給對方，對方要握多少時，要使多少勁，都不得由你自主，一概在對方之掌握中了。最重的莫如青年會幹事之握手式。他左手拍你肩膀，右手狠狠的握你一把，握了之後，第二步便是所謂『頓』，頓得你全身動搖，筋酸骨散。假如他會打棒球（青年會幹事很有這可能），那手把便更可怕，只要輕輕一頓，叫你啼笑皆非。頓了之後，第三步，他得意的向你微笑，呼你老林老陳，其意若曰：『現在你打算怎麼了？你逃得了麼？還是好好買一張什麼入場券吧，入查經班吧，不然我這手定然不放』。在這種情形之下，你如是識時務之俊傑，荷包自然就掏出來了。

由青年會式以至於閨媛式，其間等差級類，變化多端，無庸細別。有的不輕不重不疾不遲，只是奉行故事而已，全無意義了。有的手未伸而先縮，握未住而先逃，若甚不自然。有的閨媛坐在沙發上，頭也不轉，只輕輕舉起兩隻指末，毫無待握之意，只是叫你看她的蔻丹指甲罷了。總而言之，此中光景時新，世態畢露，有示威者，有囁嚅者，有意志堅強者，有依違兩可者，有避之若浼者，有留之不放者，有急，有緩，有乾，有濕，有久，有暫，有剛，有柔，有率直，有圓滑，有誠摯，有虛偽，有愛情，有冷淡，有電流，有汗穢，有人情冷暖，有世態炎涼，有幾年相思，盡在一掬纏綿之內，有萬般繾綣，全寄欲放還留之中，微乎其微，感不勝感，何故於日常應酬，露此百般形態？

握手如此糾紛，免冠更屬麻煩。此中可看出人類之不合理性，及社會習俗之頑舊性。比如西洋女子茶話即在戶內，亦不免冠，在做禮拜，亦復如此，其寬徑尺餘者，與人許多不便。實則做禮拜時女人不許免冠，源出於小亞細亞二千年前舊俗，其時尊男賤女，故保羅謂夏娃犯罪，婦人在上帝前不可不以帕蒙首。今日西人已無此不平等觀念，而仍守保羅遺訓，合理云乎哉！至於男人更有無謂之習慣。『文明』男子在電梯上，見有女子同梯即須免冠。夫電梯者何，走廊之變相而已。在走

廊既不必免冠在電梯何以獨須如此？誰在同一樓中，帶帽由三樓乘梯達五樓往返上下，便覺此俗之乖謬不通。扶梯原無免冠之禮，電梯何獨不然？若因其類廂房而動，則男女同坐汽車，原無必免冠之禮，汽車何嘗不動，又何嘗不類廂房？故乘車可戴帽，乘梯必脫帽，此西洋禮吾百思不得其解。

實則人類習俗相沿，類多不可以理喻。況乖謬不通之事，大如外交政治，小如學校教育，比比皆是，不僅限於應酬小節。人類之聰明，原有限的很。現代文明人之智足以發明飛機無線電，而不足以避戰爭，必至互相吞食而後止。所以在這種小節之愚笨乖張，何足介意，還是笑笑完事聽之而已。

10・談米老鼠

就是因為民國遺少理學餘孽不肯做這種題目，所以我偏偏來談他一下。也不知是不是我眼光特別低，現代青年眼光特別高，所以肯放棄高調細談人生者這樣的少。老實說，這本也難怪，一則今日作文仍是繼古文之遺緒而來，二則經濟之檢討，大局之鳥瞰，很方便抄書，而作文論米老鼠則無從抄去，三則因為我懷疑現代的老成持重少年連欣賞米老鼠之興趣都沒有了，因為他們主張國是要板面孔救的。我希望我的懷疑不中，希望現代中國人，無論老少，還有看米老鼠的興趣；若果真心靈只有一股黴腐齷齪之氣，連米老鼠都要加以白眼，那末中國非亡不可。因為孔子說「一張一弛，文武之道」，「張而不弛，文武弗能」，文武弗能而偏偏現代人高於文武而能之，常人高於文武，國非滅亡不可。

也是因為看見美國有名文豪 Jhon Erskine 近來在報上做一篇論有聲電影，批評

電影新聞加以有聲按語之可惡，所以想也來效尤一下。中國知名作家那裡肯談這種題目，然而電影新聞加以有聲按語到底討厭，不能因為文人專唱高調而遂不討厭更不能因為文人不談電影新聞之方法好壞而把電影新聞擯之人生之外。所以吃虧的還是我們自己。

『「王先生」我很喜歡看，這種連環圖畫很能把人類之愚蠢可笑形容出來……其功與社會小說相等！」我說。

『「王先生」有什麼文學價值！淺薄，無聊！」眼光甚高之乳臭未乾青年這樣說。

『且慢』，我說。『其實我不但喜歡「王先生」，而且崇拜豐子愷先生的漫畫，而且喜歡孫悟空，豬八戒，米老鼠，Bringing up father, Mutt and Jeff。中國的小說，像水滸，西遊記向來被擯於「大雅之堂」之外，不認為文學，就是你們這班眼光太高的理學先生之所為。我想文學美術之功用，在怡情養性，有時叫你笑，有時叫你哭，有時叫你啼笑皆非，而由笑聲與涕淚之中叫你增加對自己對人生之認識。但是此刻我不對你講這些，你是功用主義者，還是對你講功用主義吧』！

以下是我對那位青年的說話。

我想米老鼠之所以好，原不在其感人之力，只是叫你開心，叫你笑。人生是這樣苦悶的有什麼正當而無損的消遣都是於精神有益，晚上看電影愈開心，白天做事愈高興，原來就是因為我們生成不是神仙，人生是悲歡離合湊成的，也要有苦，也要有樂，才是人的生活；即使神仙，我想假使在西王母面前只許跪拜，不許搗亂，我想神仙世界也沒什麼意思了。況且孟子說過，欲求赤子之心，赤子就是會廝混，即使有時惡作劇，其心地還是光明正大的，沒有懷恨宿怨，倒是終日不笑的大人來的陰險，其陰險就是因為大人已失了小孩的天真了。所以你要求赤子之心，還是得看米老鼠。

你說，為什麼要笑呢？我不能回答。你只看健全的小孩，都是好玩好笑，若問其所以然，你我都答不出。生物學說笑是人類特有的天賦，為禽獸所無，那末一個人失了笑的本能，也不見得是天生應有之義，恐怕還是神經變態受虛偽的理學所致吧。

但是你中學剛畢業，要救國，要一手改造宇宙。也好。米老鼠也會幫你救國，幫你認識自己。你大概不至酸腐至於不承認斯弗特的「小人國」之有文學價值吧？在小人國，你可以看出我們人類之渺小無能，也可看出我們之妄自尊大。文明人造

一十四層洋樓，便要自豪，試將這幾十丈洋樓移與小小的山邱一比，就知道我們的渺小可笑了；假使有一故事中的「大人」來參觀上海，左足跨虹口，右足跨法租界，輕輕把這洋樓一吹不就吹倒了嗎？所以看「小人國」，可以叫人類免妄自尊大。但是你如果承認小人國有藝術價值，有感之之處，你也就不能不承認米老鼠有同樣寓言之意義了。

譬如我看見一米老鼠想飛，母鼠不贊成，而他三位哥哥都守己安分，就是這個小弟有非分之想，夢想長一翅膀，因此遭母鼠之痛打，受哥哥的奚落，這是多麼令人墜同情之淚的。世人誰沒做個夢，又誰沒飽嘗這夢境與實境衝突的況味？（孫悟空之所以動人，也不過因為他代表人類妄自尊大之本性與其靈性慧根之戰鬥，在這可歌可泣的歷程上，常常迷亂，失檢，要時時由唐僧糾正。我們人人心裡就有一個孫悟空）。後來這米老鼠得蝶仙之幫助，居然成他素願了，又因為根性不定，飛來飛去，終於飛入一蝙蝠妖魔洞裡，受過種種的驚慌，才覺悟起來，想想還是沒有翅膀好吧。他得依所願，去了翅膀，又跑回家，而母鼠親愛的抱他起來，給他一個熱吻，說聲『我的兒呵！』我希望你能為這種故事所感動，若是你看了而心仍不為所動，那你必是坐過禪，修養工夫練到，可以上西天，毋庸在人間了。

這類活動諷刺畫還有一極大的長處，他替我們開闢了另一絕對自由的領域，使人類的幻想超脫一切的物質上的限制而達到完全的解放。這在藝術上是有意義的。原來電影比台上的戲劇取材佈景用人多寡就自由的多，尤其在表演群眾的暴動，前線的砲攻，深林的探險，危崖的追賊，空中之襲擊，都遠超出戲台的範圍之外了。然活動諷刺畫又超出電影照相機之限制，真可叫我們神遊太虛，御風而行，早發東海，暮宿南溟了。你要坐波斯「飛氈」探追嫦娥，地氈居然可以飛，你要下水晶宮見閻王，居然也可以下，就是孫悟空與二郎神的大戰，照相機所無法攝取的，在諷刺畫一一可以辦到。而西人又在這藝術新領域上發明一種用途，一則使香腸可以跳舞，鋼琴可以呵笑，時鐘可以使眼色——這還沒有什麼深義，最好是賦與動物以人的感情，使我們能設身處地，較親切的同感於宇宙生類。原來動物之中，雖少理智，卻有很豐富的情感，其恐懼，兇殘，復仇，思戀，與人一樣的，並且比人還熱烈，正如兒童之喜樂比大人的喜樂還純粹一樣。動物中何嘗沒有母子之愛，何嘗沒有天倫之樂，何嘗沒有孤寂之感，何嘗沒有失戀之痛，又何嘗沒有鰥獨孤寡，棄婦閨怨，何嘗沒有家庭變故，弱肉強食之慘？神而明之，存乎其人。在這點上，米老鼠一類的活動諷刺畫可以助我們較溫存體貼動物，了解動物。

連環畫也是同樣有感人之力。我看 Mutt and Jeff 及 Bringing up father 至今二十年未倦，也許你二十歲就已老成，不肯看這些無聊東西。這樣講，我是二十年前早已不救國了，一直不救到現在然而且慢。Mutt and Jeff 你不看，總有時要偷偷摸摸看春宮，不然你必有時救國救民的頭昏腦脹，發誇大狂或憂鬱狂，所以我還是勸你保點『赤子之心』看赤子所喜看的連環畫。你說意義在那裡，教訓在那裡？好，我明白了，你還是儉德會一派，專看伊索寓言的一種頭腦。現代兒童文學已脫離教訓式而取同情式，你不見得是站在『時代前鋒』吧。你非先王之道不敢言，非先王之書不敢誦，還是理學信徒。我就理學的話開導你。Mutt and Jeff 何等人物，第一流蠻皮貨也，你看看他們蠻皮，可以叫你起了羞惡之心，慨嘆說『弗如也，吾與汝弗如也』。你看這兩位長腿與短腿江湖弟兄，大概是不名一文，是無產階級，你是革命的，你同情於他們？不，無產階級什麼好？就是蠻皮好，不惜皮肉好，由三樓跌下跌斷一腿，或是打兩下耳光，或是撞破頭皮，都不算一回事。他們倆一年三百六十五天，天天在打武行，裁觔斗，滾高山，投深海，到現在還安然無恙。你問問你自己怎樣。人家揮拳，拳未下，已先滾在地下叫爹娘。人家叫你舐屁股，如果可以保全皮肉，你也肯舐的。你要革命，我問你怎樣革命法子？你還是認長腿與短腿為師，學學他們的江湖氣骨吧。

你如果還是認為這次有革命的『意識』，那末，請你看 Bringing up father 這是一部演不完的西式『醒世姻緣』，一天一齣笑劇。Mr. Jiggs 不是遭其夫人棍打，就是受她監察，再不然便是受她拉去聽紳士們的『歌劇』。原來 Mr. Jiggs 是誰？就是你所崇拜的普羅達利亞。其夫人是誰？就是你所痛恨的『小市民』。Jiggs 夫婦之悲劇就是普羅達利亞受小市民壓迫的悲劇。這樣你懂了吧，有「教訓」了吧！原來 Jiggs 出身微賤，他所交的一般噹啷無賴，他的天堂，就是在「鄧脫摩」Di-nty Moore 酒店同他的普羅朋友吃『醃牛肉燉菜』和賭博。後來他發財了，其夫人就是「暴富」市儈的總代表，專門學中等階級的模樣與虛套，專門攀交貴族公爵之流。可是對於這種虛偽的『小市民』生活，Jiggs 心中只有痛恨及忍受，他雖表面上同他們過『小市民』生活，心中卻一心一意想逃回鄧脫摩酒店去吃醃牛肉燉白菜及賭博。你想這是一幕怎樣可歌可泣的悲劇，又是如何合你『革命文學』的脾胃。

老實對你講，孟子早已說過，人之大患在好為人師，好教訓人。你是理學出身也好，是教會星期日校出身也好。但我誠實對你講，別專看伊朔寓言，別專講教訓的故事。你如以為專講有教訓的文學才含有『教訓』，你就根本懂文學為何物，藝

術為何物。我誠實對你講，與其要教訓別人，不如先明白自己。我看你現在米老鼠也不看了，你的心靈已經黴腐了，還是聽孟子的話，保一點『赤子之心』要緊。我重複的說，假使你厭惡米老鼠是真的，不是擺道學臭架子，假使你確確已經失了看米老鼠的興趣，請你先救自己，再救中國。

附言：上文撰完，適見報載米老鼠人在好萊塢做七歲生日。主人翁 Walt Disney 大發議論，略謂，世界每星期看米老鼠戲者有十萬萬人。其祖先出於埃及，因埃及古墓石刻已有米老鼠滑稽畫，形相與現代米兄極像。該氏謂因米兄有一副俠骨，有赴湯蹈火之精神及逢凶化吉之本領，所以即使世界第二次大戰，米兄必仍幸存無恙。又謂米兄所以得人同情者，因他性情又好，氣骨又硬，度量又宏，每好救弱扶危。當他做陰府閻王時，又能一捐前嫌，思及貓象。『米兄是促進邦交者，他到世界各國，無論君主帝國，民主共和，都有好的護照』。

11・母豬渡河

相傳有母豬，帶九隻豬子外行。將渡河，點一遍，連自己共為十隻。及渡再點，只有九隻，環觀小豬，固未有失者，然再三點數，仍只得九隻，恚甚急甚。哭而死。蓋未將自己算進去也。是之謂母豬之智慧。

人類似比母豬聰明許多，然亦常有因恚甚急甚，而忘記將自己算進去者也。如穿西裝革履赴國貨大會演講反對洋貨者，坐汽車赴運動會作主席自許為鼓勵賽跑者，即屢見不鮮。是亦與母豬之智慧相去無幾。似乎是亞里斯多德說過，人類者能理論而行為未必合理之動物也（Man is a reason-ning, but a reasonable being），此語得之。

譬如有人於此：所編為小品副刊，所發表為隨感，遊記，讀書隨筆，而偏好攻擊他人所編登隨感，遊記，讀書隨筆之小品文刊物。甚至隨筆所談亦同為明人書。

然攻擊之勢甚急。是亦忘記將自己算進去耳。

『公無渡河，公即渡河，可將奈何？』

又有人焉：義形於色責人春遊，以為是『亡國』之兆。而在同期一刊物上登啟事曰：『前訂本期出版作家生活專號，因春假關係，執筆諸先生多乘時出遊，致承撰稿件未能如期完成……』其智慧亦與驅車赴運動會而自許為鼓勵賽跑者相等。

世上若無此等事，呵呵大笑機會，豈易得哉？

古則有法國文人著書立說，刺刺不休，闡發沉默之重要，卒成書三十卷；今則常見有破口大罵幽默之刊物，在投稿簡章中歡迎幽默小品；夜夜在迴力球場努力工作者，四處投稿罵人頹廢。信哉亞里斯多德之言，人類非合理動物也。

然則母豬之智慧，並不希奇。此孟子所以常有『相去幾希』之嘆。

母豬之智慧既極常見，如之何而後可？中國有名言曰：『眼不見為淨』。夫『眼不見為淨』者孟子齊人一妻一妾章之註腳也。夫良人者，所仰望於終身也，故宜『饜酒肉而後返』，『所與飲食者』，『盡富貴也』，亦理之宜。齊人之妻若肯不見，豈不淨乎？然彼婦偏欲『泣庭中』家庭破裂皆一『瞷』『良人之所之』，於是發東郭墦祭乞餘事，卒至『相瞷』之罪也。吾人讀人文章，不應根問人之行徑。

此為上策。其次，為齊人妻者，既發見東郭乞祭事實，當良人『施施從外來』時，不必『訕』，亦不必『泣』，只須迎笑上前摸其大腹曰：『今日又是那裡吃得貴人一腹酒肉』？良人必喜甚。如此家庭亦可不致破裂。

西人有言曰：All fools are not dead yet。吾欲糊糊塗塗以終身，不見不瞷，則滿眼皆載道之漂亮文章也。

陳繼儒有言曰：名妓翻經，老僧釀酒，將軍翔文章之府，書生踐戎馬之場，雖乏本色，故自有致。然則在鴉片炕上大談嚴肅生活，亦有致之一。近水樓台，何時不有妙致，要在慧心人隨處賞樂耳。

12・談裸體運動

世上的事，本來物極必反；進化之路好像是一個圈子，並不是一條直線，所以二十世紀的文明人進化的太快，常會在這圈子上碰見野蠻人。以衛生而論，西洋人比我們進化固不待言；但是西洋人因講衛生，冬天寒夜必開窗或在晾台睡覺，而白天反攢入密室不通的蒸汽樓房。我們黃帝子孫在上海城隍廟開店，夜裡攢入暖帳裡被窩中，而白天卻穿好棉袍在朝北的店門拱手靜坐喝西北風，假定西洋人看見『支那人』在悶帳裡睡覺而說我們不講衛生，那豈不是天大的笑話麼？又如工部局不許我們車夫夏天赤膊，以為有礙觀瞻，而西洋女人在戲台上露腿露臍，或在跑狗場上穿V字開胸背後赤膊的晚服同我國商店學徒摩肩擦踵，我們瞥見她們的個個裸體，反而暗暗叫聲「文明」所以世間的道理那裡去講？又比如兩個足不穿襪身穿貼身透明綢服的閨媛在花園茶會擁護風化，批評近來新興裸體運動之無道德無廉恥，這也是常有的事。至於非洲野人看見白種男女裸體馳逐於林下，必定拍手稱慶，說「我們勝利了」！

本篇只是就裸體運動講講「物極必反」的道理罷了。在先聲明，我不反對裸體，在適宜的時間與地方，但是我極反對新興的徹底裸體主義（nudism）。所以如此，我想因為我是中國人是崇拜中庸主義者，物各有所，事各有時也。車夫赤膊，我不反對，也並不認為有礙觀瞻。在浴室裡裸體，也很贊成，但是我熱烈反對一絲也不掛叫我在大馬路上行走。無人見時赤身裸體是非常舒服美感的；或是在高樓的浴室，窗外只有兩隻小雀偶然飛過，並沒有罪孽深重的人眼望得到時，你把窗扇打開，叫你的皮膚與涼風暖日接觸，那是非常舒暢而合衛生的。你看涼風一來，毛孔自然凸厚起來，細毛微微的波動如翻麥浪。見了陽光，又是舒暖了，由細管裡發出一種油質，在陽光之下晶瑩可愛。這樣靜臥著，讓皮膚受涼風煖日的溫育，或者在傭人看不見之時，在室內裸體跑跑，或者看報，或者仿顧千里讀經，每日行之十五分鐘，那是非常於衛生有益的，比靜坐還好。現代醫生都會對你講，健全的皮膚是我們身上最善防毒及防傷風的機體。凡是贊同以上所述的人，都可自稱為真正的，合理的，近情的，中庸的裸體主義者。我便是這樣的裸體主義者之一。

但是物各有所，事各有時，我已說過。以上所說是真正的裸體主義信徒。此與展覽主義之裸體者，似應有個分別。這種分別，處處可以看得出來。比如有人禱告，是跑到山峰上，在人跡不到彩霞煥爛之時與造物之主神交，這是真正的禱告。還有一派展覽主義的禱告，是在耶教奮興會發長篇大論向上帝傳道給在座聽聽。

真正裸體主義者，為裸體而裸體；展覽派的裸體主義者把他或她自己的身體變做一塊招牌，叫人注目說：「你們瞧！我有這種膽量！」這種忠實信徒與展覽主義者之不同，隨處可以發見。有人夫妻好合，只在閨中促膝談心，在大庭廣眾之前反而拘守，但有人偏要在公眾之前叫一聲「達而玲！」有人中夜問心思過，有人卻須在奮興會搥胸痛哭一番，對人承認他小時二十年曾偷同學會一筆十五元賬款（對於最近五千元的虧良心錢卻一字不提）有人在旁晚密巷裡肯給一個乞丐二角錢，有人卻專門在賑災慈善大會致訓詞。有人為愛騎馬而騎，也有上海閨媛在大清早上擦粉塗脂手帶金鋼戒指騎馬。有人為愛狗而養狗；也有上海閨媛心惡小狗，卻仍要抱他走路……

所以我們為裸體而裸體者，可以說是真正忠實的裸體主義者，因為我們愛在孤獨之時裸體。這裸體好處，此時也不必細講。大概一則，可以叫我們醒悟我們根本是個動物。裸體時，你可聽見你自己的心跳，可以觀察你血液的循環，可以撫摩你自己的皮肉。這樣你對人生之秘奧可有較親切的認識，人是什麼東西，也較清楚，比讀十部哲學名著還好。也可叫你得一種自然主義的人生觀，不要太看重靈魂，太看輕肉身，太貴理智，太賤情感，能夠寶重愛護這造物給我們的身體，這一副比任何新發明還巧妙的自動自醫的機體。還有，裸體時身體的運動較自由，因為自由，而得其自然之節奏。試在裸體時將膝一彎，與穿一層最薄的內衣時相較，便知此中之不同。向來中國的文化是不知人有個身體的——這總算是西方文明的發現（也是希臘文明之遺賜），認識認識是好的。至少有時可叫你良心覺悟，看你把父母給你的身體弄成這樣的形相，自己慚愧。這慚愧是好的。如果一人的皮膚清潔健全，學旗人之所為，裸體睡覺，也是好的（惟夏天不宜）。人的皮膚，白天總是被內衣束縛，皮孔失了其自然應有之呼吸作用（西洋羊毛汗衣尤如此），晚間給他開放開放，使恢復其自然功能，也是好的。或是晚間不慣，白天裸體曬日十五分鐘，也可收到這利益。

但是在美觀上，我是反對在公共場所裸體的。畫裸體的畫家最清楚知道典型的身體美是如何的難得。誰存這個一般人的身體是美的夢想，只須跑到海濱浴場去觀

察一下。稍有美感者，當顧而卻走。十三歲的蘇妹太瘦弱；盼盼雖然豐滿些，然而腰部流於累贅；姝姐上部雖好，脛腿未免太不相稱；柳公那副瘦柴骨架，腦部又是光禿；至於三姑，那簡直有母夜叉之形相，叫你膽戰心驚。只有琴妹是好的，不高不低，長短合度多一分則太肥，少一分則太瘦。是的，琴妹是美的。但是世界上取得幾位是長短合度盈瘦得中如琴妹呢？世界上又有幾人能保得住幾年的長短合度盈瘦得中呢？

總而言之，人身裸體多半近似猢猻。所以徹底的裸體運動，只能在一般缺乏美感的社會存在，窮其所之，亦必使人類美感由遲鈍而痲木。到那時候，身體美不身體美就有點同非洲野人國一般無二了。一般的人身不是像猢猻，便是像肥豬。只有衣服能顧全人類社會彼此的互相尊重。也只有衣服，才保得住將軍與銀行大王之尊嚴。你讓日內瓦什麼國際委員大家裸體出席，就明白何以議不出什麼結果來，因為世界本來是在猢猻統治下。你把希特勒，斯大林，穆索裡尼脫的精光，讓崇拜他們的民眾瞧一瞧，歐洲的地圖馬上就起了變化。

所謂物極必反，是這麼一回事的。在一普遍裸體的社會，衣服必即刻變成最不道德最淫邪之物，而婦女必羨慕一塊破布可以掩蔽她們身上那一不甚合理的部分。

原來女子之妖冶迷人自有衣服始。永遠裸體是引不起人什麼興趣的。你想想那時多少婦女若許她們掛一條抹胸（brassiere），整個身段會均稱起來，而多少婦女若許她們圍一件緊腰（corset），不知要怎樣謝天謝地？到那時候，姨婆姑娘們必罵她們的圍腰褡掛抹胸不肯露乳的年青姪女為人妖。『你瞧！現在的世界！一隻奶也要裝飾起來，叫我們老年人吃虧。我們死也不肯這樣沒臉！』

『什麼！這也不必講了！』萱姨慨嘆的說。『前街陳大姑娘還穿一條紅褲子呢，足足有一尺多長！沒廉恥的丫頭！不是我喜歡造謠，是那天趙姨娘親眼看見，親口對我說的！』

『現在的摩登女子什麼不來！』張大嬸搶著說。『只要能迷男人，她們廉恥也不顧。總有一天她們會把褲子越弄越長，連膝蓋都蓋起來還說不定。』

到那時。只要有一女子肯文文雅雅穿條裙子，不知要使多少青年拜倒其下；大家牡丹花下死，做鬼也風流，還是甘心。還有男子將因為一條黑色花破布做的抹胸，興起無盡的醋海風波。

到那時候，物極就反了。

13・說誠與偽

我們今日，我敢相信是已經開明的社會，開通的社會，而我們的人生觀，也已多少受過西方文化的洗禮。個人之尊嚴，女子之地位，以及人生之欲望，父子之關係，男女的關係與以前道學說法，常常有格格不入之勢。

這自然與倫理的建設，生出密切的問題。如果復興文化，不是復古而已，我們對孔、孟之道應有深一層的認識，不可裝一副道學面孔，唱唱高調，便已自足。孔子曰言之必可行。西方倫理亂，我們不可學他亂，而我們自己的倫理，也得認識孔、孟的真傳，不為宋儒理學所蔽，始能合乎現代人的人生觀。我想現代西方的人生觀，比我們切實無偽，而孔道可與現代思想融洽無間的就是誠之一字。

原來，聖人教人得人情之正，如此而已。所以百世以俟聖人而不惑。所以孔子的道理，無論如何打不倒。這是我們應首先明白的。而儒家之立揚，卻不在揖讓進退，繁文褥節。泣淚、泣血、抆淚、拭淚是繁文，不是禮之本。繁文可以改，而與孔子之道無與。聖人之教，只在日用倫常，得中道而行，原沒有什麼玄虛的話。如男女平等關係，關雎之義，夫婦為人倫之始，至為明顯。故外無曠夫，內無怨女，男有室，女有歸，是孔子的理想社會。所以文王思后妃，夜不成眠，至寤寐思服，輾轉反側，不為孔子所黜。漢儒解「窈窕淑女」（漂亮女郎）為住在深宮的女子，可見這時漢儒的思想已經僵化，不敢作比較近人情的說法。

孔子達情主義（戴東原所謂「順民之情，遂民之欲」），何以變為道學之形式主義？性與天道，夫子不得而聞。老子講天道，就要人絕聖棄智，做到無思無欲，如初生之犢境地。這是做不到的。佛家本來是出世思想，以情欲為煩惱，以人生為苦海，故欲斬斷情絲，悠然物外，而以七情為六賊，晉唐還不怎樣，儒為儒，佛為佛，而士大夫，大家室，也很少道學虛偽粉飾氣氛。宋儒出，受了佛教的煊染，也來談心說性（子所罕言之性），乃排脫情欲，專講一個抽象而無所附麗的「性」（唐李翺已有復性之論），必欲做到「人欲淨盡，天理流行」局面。這樣反孔子達情主義，已甚顯然了。無如情不可滅，欲不可遏；到了欲不可遂，情不可達，自然非矯情粉飾不可，自己裝門面，對人責以嚴，遂成道學冷酷的世界。大家屏氣斂

息，正襟危坐，怕聞鐘聲，以免為物欲所入，以為心學，以為功夫，惟恐未到枯木死灰地步。黃氏日抄說：呂希哲習靜，僕夫溺死不知（我想當時是坐在轎內）。張魏公符離之敗，殺三十萬人，而夜臥甚酣。這才叫做心學，叫做功夫。這是用世之學嗎？葉名琛「不戰、不和、不守、不降、不死、不走」的六不主義，靜是靜極了。可以應付西方主動的民族嗎？

人生在世，無一事非情，無一事非欲。要在誠之一字而已。誠便是真，去偽崇真。做文做人，都是一樣。紅樓夢佳文、也是一「真」字而已。史湘雲醉臥牡丹下，不大體統；晴雯罵麝月磨牙，也欠斯文；然紅樓夢之所以為文學，正在此等真處，如見其肺。

怎樣的人才算是好人，怎樣的人才算是壞人，這不能一概而論。然而，犯法的人固不待論，自古以來，一般人認為是心地不善的人，無時不有。

14・論孔子的幽默

孔子自然是幽默的。論語一書，很多他的幽默語，因為他腳踏實地，說很多入情入理的話。只惜前人理學氣太厚，不曾懂得。他十四年間，遊於宋、衛、陳、蔡之間，不如意事，十居八九，總是泰然處之。他有傷世感時的話，在魯國碰了季桓子、陽貨這些人，想到晉國去，又去不成，到了黃河岸上，而有水哉水哉之嘆。桓魋一類人，想要害他，孔子「桓魋其如予何」的話，雖然表示自信力甚強，總也是自得自適君子不憂不懼一種氣派。為什麼他在陳、蔡、汝、潁之間，住得特別久，我就不得而知了。

他那安詳自適的態度，最明顯的例，是在陳絕糧一段。門人都已出怨言了，孔子獨弦歌不衰，不改那種安詳幽默的態度。他三次問門人：『我們一班人，不三不四，非牛非虎，流落到這田地，為什麼呢？』這是我所最愛的一段，也是使我們最

佩服孔子的一段。有一次，孔子與門人相失於路上。後來有人在東門找到孔子，說他的相貌，並說他像一條「喪家犬」。孔子聽見說：『別的我不知道。至於像一條喪家狗，倒有點像。』

須知孔子是最近人情的，他是恭而溫，威而不猛，並不是道貌岸然，冷酷酷拒人於千里之外。但是到了程、朱諸宋儒的手中，孔子的面目就改了。以道學面孔論孔子，必失了孔子原來的面目。彷彿說，常人所為，聖人必不敢為。殊不知道學宋儒所不敢為，孔子偏偏敢為。如孺悲欲見孔子，孔子假託病不見，或使門房告訴來客說不在家。這也就夠了。何以在孺悲猶在門口之時，故意取瑟而歌，使之聞之，這不是太惡作劇嗎？這就是活潑潑的孔丘。但這一節，道學家就難以解釋。朱熹猶能了解，這是孔子深惡而痛絕鄉願的表示。到了崔東壁（述）便不行了。有人盛讚崔東壁的「洙泗考信錄」。我讀起來，就覺得贊道之心有餘，而考證的標準太差。他以為這段必是後人所附會，聖人必不出此。這種看法，離了現代人傳記文學的功夫（若 Lytton Strachey 之《維多利亞女王傳》那種體會人情的看法），離得太遠了。凡遇到孔子活潑潑所為未能完全與道學理想符合，或言宋儒之所不敢言（「老而不死是為賊」），或為宋儒之所不敢為（「舉杖叩其脛」，「取瑟而歌，使之聞之」），崔東壁就斷定是「聖人必不如此」，而斥為偽作，或後人附會。顧頡剛也曾表示對崔東壁不滿處。『他信仰經書和孔孟的氣味都嫌太重，糅雜了許多先入為主的成見。』（「古史辨」第一冊的長序）

讀論語，不應該這樣讀法。論語是一本好書，雖然編的太壞，或可說，根本沒人敢編過。論語一書，有很多孔子的人情味。要明白論語的意味，須先明白孔子對門人說的話，很多是燕居閒適的話，老實話，率真話，不打算對外人說的話，脫口而出的話，幽默自得話，甚至開玩笑的話，及破口罵人的話。

總而言之，是孔子與門人私下對談的實錄。最可寶貴的，使我們復見孔子的真面目，就是這些半真半假，雍容自得的實錄，由這些閒談實錄，可以想見孔子的真性格。

孔子對他門人，全無架子。不像程頤對神宗講學，還要執師生之禮那種臭架子。他一定要坐著講。孔子說：『你們兩三位，以為我對你們有什麼不好說的嗎？我對你們老實沒有。我沒有一件事不讓你們兩三位知道。那就是我。』這親密的情形，就可想見。所以，有一次他承認是說笑話而已。孔子到武城，是他的門人子游當城宰。聽見家家有唸書弦誦的聲音。夫子莞爾而笑說：『割雞焉用牛刀』。子游

駁他說，夫子所教是如此。『君子學道則愛人，小人學道則易使也』。孔子說：『你們兩三位聽聽，阿偃是對的。我剛才所說的，是和他開玩笑而已（「前言戲之耳」）。』

這是孔子燕居與門人對談的腔調。若做岸然道貌的考證文章，便可說『豈有聖人而戲言乎……不信也……不義也……聖人必不如此，可知其偽也。』你看見過那一位道學老師，肯對學生說笑話沒有？

論語通盤這類的口調居多。要這樣看法才行。隨舉幾個例。言志之篇，「吾與點也」，大家很喜歡，就是因為孔子作近情語，不作門面語。別人說完了，曾皙（名字叫點）以為他的「志願」不在做官，危立於朝廷宗廟之間，他先不好意思說。夫子說：『沒有關係，我要聽聽各人言其志願而已。』於是曾皙砰訇一聲，把瑟放下，立起來說他的志願。大約以今人的話說來，他說：『三四月間，穿了新衣服到陽明山中正公園。五六個大人，帶了六七個小孩子，在公共游泳池游一下，再到附近林下乘涼，一路唱歌回來。』孔子吐一口氣說，『阿點，我就要陪你去，』或作『我最同意你的話。』在冉有公西華說正經話之後，曾哲這麼一來放鬆，就得幽默作用。孔子居然很賞識。

有許多論語讀者，未能體會這種語調。必須先明白他們師生閒談的語調，讀去才有意思。

「御乎射乎？」一章——有人批評孔子說『孔子真偉大，博學而無所專長。』孔子聽見這話說：『教我專長什麼？專騎馬嗎？或專射箭嗎？還是專騎馬好。』這話真是幽默的口氣。我們也只好用幽默假痴假呆的口氣讀他。這那裡是正經話？或以為聖人這話未免殺風景。但是孔子幽默口氣，你當真，殺風景的是你，不是孔夫子。

「其然，豈其然乎？」一章——孔子問公明賈關於公叔文子這個人怎樣，聽見說這位先生不言、不笑、不貪。公明賈說『這是說的人張大其辭。他也有說有笑，只是說笑的正中肯合時，人家不討厭。』孔子說『這樣？真真這樣嗎？』這種重疊，是論語寫會話的筆法。

「賜也，非爾所及也」一章——子貢很會說話。他說：『我不要人家怎樣待我，我就不這樣待人。』孔子說：『阿賜，（你說的好容易）。我看你做不到。』這又是何等熟人口中的語氣。

「空空如也」一章——孔子說：『你們以為我什麼都懂了。我那裡懂什麼。有鄉

下人問我一句話，我就空空洞洞，了無一句話可回答。這邊說說，那邊說說，再說說不下去了。』

「三嗅而作」章——這章最費解，崔東壁以為偽。具實沒有什麼。只是孔子嗅到臭雉雞作嘔不肯吃。這篇見鄉黨，專講孔子講究食。有飛鳥在天空翱翔，飛來飛去，又停下來，子路見機說，『這隻母野雞，來的正巧。』打下來供獻給孔夫子。孔夫子嗅了三嗅，嫌野雞的氣味太腥，就站起來，不吃也罷。原來野雞要掛起來兩三天，才好吃。我們不必在這裡尋出什麼大道理。

「群居終日」章——孔子說：『有些人一天聚在一起，不說一句正經話，又好行小恩惠——真難為他們。』「難矣哉」是說虧得他們做得出來。朱熹誤解為「將有患難」，就是不懂這「虧得他們」的閒談語調。因為還有一條，也是一樣語調，也是用「難矣哉」，更清楚。『一天吃飽飯，什麼也不用心。真虧得他們。不是還可以下棋嗎？下棋用心思，總比那樣無所用心好。』

幽默是這樣的，自自然然，在靜室對至友閒談，一點不肯裝腔作勢。這是孔子的論語。有一次，他說，『我總應該找個差事做。吾豈能像一個牆上葫蘆，掛著不吃飯？』有一次他說，「出賣啊！出賣啊！我等著有人來買我（沽之哉，沽哉，我待賈者也。）』意思在求賢君能用他，話卻不擇言而出，不是預備給外人聽的。但在熟友閒談中，不至於誤會。若認真讀他，便失了氣味。

孔子罵人也真不少。今之從政者何如，孔子說，『噫，斗筲之人，何足算也。』「斗筲」是承米器，就是說『那些飯桶，算什麼！』罵原壤「老而不死是為賊」，罵了不足，還舉起棍子，打那蹲在地上的原壤的腿。罵冉求『非吾徒也。小子鳴鼓而攻之，可也。』真真不客氣，對門人表示他非常生氣，不贊成冉求替季氏聚斂。『由也不得其死然。』罵子路不得好死。這都是例。

孔子真正屬於機警（wit）的話，平常讀者不注意。最好的，我想是見於孔子家語一段。子貢問死者有知乎。孔子說，『等你死了，就知道。』這句話，比答子路『未知生，焉知死。』更屬於機警一類。『一個人不對自己說，怎麼辦？怎麼辦？我對這種人，真不知道怎麼辦，（不曰如之何，如之何者，吾末如之何也已矣）。』『知之為知之，不知為不知，是知也。』也是這一類。『過而不改，是謂過矣。』相同。『不患人之不己知，求為可知也。』——這句話非常好。就在知字做文章，所以為機警動人的句子。

總而言之，孔子是個通人，隨口應對，都有道理。他腳踏實地，而又出以平淡

淺近之語。教人事父母，不但養，還要敬，卻說『至於犬馬，皆能有養』，這不是很唐突嗎？『富而可求也，雖執鞭之士，吾亦為之。』就是說『如果成富是求得來的，叫我做馬夫趕馬車，我也願意。』都是這派不加修飾的言辭。好在他腳踏實地，所以常有幽默的成分，在其口語中。美國大文豪 Carl Van Doren 對我說，他最欣賞孔子一句話，就是季文子三思而後行，孔子說：『再，斯可矣。』這真正是自然流露的幽默。有點殺風景，想來卻是實話。

15・再論孔子近情

上回作「論孔的幽默」一文，主旨在說出孔子師生問答之間，每每有老實話，娓娓動人的話，師生私談近情的話，甚至有脫口而出不加修飾的話。要明其所與言的人，及其時其地，隨時應對情形，才得到論語的氣味。

前人解論語，凡遇孔子所言不可認真追究時，雖然文義明顯，就必用種種方法強改文義，替孔子辯護，使合於聖賢的標準，更合於理學的傑墨，而後心安。以板板六十四的人解論語，遂使雍容自若，我行吾素言行傑出之孔子。變為一位非常謹飭的平庸塾師。孔子之人情味，遂不可復見。

以常情論聖人，這自然是現代人治史學的觀點，與專門闡聖學者的解經不同。意思是人不能無過，觀過斯知仁而已。聖人與我同類，必托出聖人與我心所同然，然後聖人更得我們的了解與同情。世上的偉人，自林肯，佛蘭克林，以至羅斯福，

邱吉爾等等，莫不有他的個性與人不同之處。偉人也不能免於人之常情，也有人性的磨煉。克倫威爾所謂「畫我必連我的惡痣也畫上去」就是此意。

或疑這是毀仲尼，須知仲尼不可毀也。我們愈了解，則愈佩服。子見南子，子路不悅，孔子矢之曰「予所否者，天厭之，天厭之。」這事費了八九種的經師的曲解，或謂孔子不應見淫穢奪權的南子，只是「詘身（委屈）行道。」（毛奇齡）或謂孔子發誓的矢字，不是發誓，是指，指天而言也。或謂矢有陳義，不是發誓，只是指陳而已。或謂「天厭之，天厭之」之天，是指南子，因為她居君王之位（我若不應召去見南子，南子必會生氣厭惡我。）或謂南子係南蒯之誤，是個男人，想復國的太子……真正五花八門都搬出來。（詳見清人劉寶楠「論語正義」）但是據論語及孔子世家明文，孔子還是見南子，其達節近情之事㨾，每每叫子路生氣，叫道學傷心。

近閱報載幾篇文章，對我所解釋的孔子，頗持異議。我不想答辯，只再申明上篇的主旨。而且這裡頭，實有太好的幽默文章，不敢掠美，也不敢掩沒，應該表彰一下。譬如，有一位梁次如先生評曾皙擬帶五六個成年人及六七個童子游泳，吟詠而歸，得孔子讚許「吾與點也」一段。梁先生似乎以為與童子游泳，不大雅觀，遂謂孔子未必贊成同一群童子游泳。所以，他說這句話是帶「反義」的倒語。「吾與點也」實意是「吾不與點也」我和梁先生可謂見仁見智。但是我能寫出這樣自然不覺流露的幽默文字嗎？決不能。

也有一位先生最不解孔子自己說「吾有知乎哉？無知也」的一句話。似乎為聖人焦急。豈有聖人而真無知乎？這是孔子述「有鄙夫問於我」一段。孔子先說他無知，再引鄙夫之問為例，證明他的無知，說他「空空如也，叩其兩端而竭焉。」以前經師頗想用工夫給解釋掉聖人無知之謎。或謂「空空如也」，應改作「空空如也」是孔子老實謹願答復之意。朱子不肯把「竭」字解為「窮」，只說聖人「竭盡其力」以答復，不算好，也不算壞。誰想近人有更好，更能衛道的解釋？這位先生很有獨立的見解，先解「鄙夫」並非俗子，且引經據典，說「內食者鄙」，因此可以斷言這位「鄙夫」一定是屍位素餐肉的官「官僚」。這樣文章就開拓下去，一波未平，一波又起。這位肉食者鄙的官僚所問於孔子，可以斷言是問「做官的法則」。孔子自然不知所答。這樣突如其來，文從理順，說得比朱熹還透徹。我所認為百思不得其解的啞謎，一曰豁然貫通了。其實孔子深覺學問無窮，鄉下人及五六歲童子問倒秀才的問話還多著呢。草色所以綠，是因為草見陽光生出色素所以綠。

草色何以見陽光會發色素作用？這一問可把世界的植物生理學家全都考倒了。孔子知之為知之，不知為不知，不必曲解。

又有一位硬改孔子「吾豈匏瓜也哉？焉能繫而不食」的話。孔子明說他自己的事。話是不擇言而出的。孔子說他焉能不食。文義甚明。無論怎樣解法，是說匏瓜可以不食，孔子不能不食。食飯，食點心，飲水喝湯，都一樣意思。不須搬弄似是而非的文法。論語集解說「吾自食物（我須吃東西），不得如不食（不吃東西）之物（匏瓜）」掛在牆上。這有什麼費解？不想又有新解：孔子非說焉能繫而不食，是說焉能繫而不食？被食者何，為明君所用而行聖道也。真虧得他想得出來。我能寫這樣幽默傑作嗎？又決不能。這樣我那篇論孔子的幽默一文，真有拋磚引玉之效了。有人再認真起來，揣摩我這話的真諦，也只好聽之。

其實佛肸以中牟畔（叛）、欲召孔子「子欲往」，子路不悅，逼出孔子上文那句話。孔子欲往，而未嘗果往，只是孔子對門人無所隱。雖然尚未決定必往，卻對二三得意門生說欲往，談談又何妨？所以有「不曰白乎？涅而不緇」云云。匏瓜之喻，食也好，被食也好，總是隨口而出，與和子貢說「我等人來收買我」（我待賈者也），同是半假半真口氣。所以說你認真追究孔子不是不欲不食，是不欲不被食。而且歡迎被食，豈不是滑天下之大稽乎？幽默而不自覺，是幽默也。富貴於孔子如浮雲，誰不知道？但衛道卻不在這樣支離破碎解經。

道學講經講禮，都與無可無不可的孔子不同。孔子毋適毋必，「義之與比」而行，卻沒有一定的成規，也不曾裝模做樣。與衛靈公南子為「次乘」坐馬車招搖過市，豈不是不成體統嗎？人家專看淫婦的女人，不看老先生，所以孔子乃興「吾未見好德如好色」之嘆。到了宋儒手中，這禮就都變為成規了。以前如程頤，就是喜歡排出道學臭架子，循規蹈軌，表示為聖人之徒，引起蘇東坡的朋友的不耐煩。我「論情」一文，曾引程頤對皇上講學，堅持師生之禮。（是哲宗元年時事，創文誤作神宗，承黃寶實先生來函指正，甚感）。續資治通鑑有這麼一段故事：『程頤在經筵，多用古禮。蘇軾謂其不近人情，深疾之，每加玩侮。方司馬光之卒也，明堂降赦。臣僚稱賀訖，兩省欲往奠光。頤不可曰「子於是日哭則不歌」。坐客有難之者曰「孔子言哭則不歌，不言歌則不哭」。蘇軾曰「此乃枉死市叔通所制禮」。眾皆大笑，遂成嫌隙。』理學之褊狹與孔子之達情，於此可見。

我想要明白孔子仁義忠信之道難，要懂得孔子之近情幽默也不易。枉死市的叔孫通太多了。

16・讀鄧肯自傳

一

鄧肯・以沙多拉（Isadora Duncan）不但是十九世紀第一跳舞藝術家，並且是人格偉大而很有文學天才的奇女子。看她自傳的引言及末章，誰都不能否認這句話。我們只知道她是現代藝術舞的開創者，是現代女子服裝解放的先鋒，是復興希臘美術精神運動的努力者，到讀了她的自傳（《My Life》倫敦 Victor Gollancz 出版），才明朗在我們的心目中，浮泛出來一位光明磊落，才氣過人的女子，一位憤世嫉俗，抱有大志的藝術家，一位富貴不能淫，貧賤不能移的革命者，而同時是極富情感，靈機穎悟，深好文學思想的一個人。

誰也想不到在女子作品中，有這樣的文字：

『這是如何希奇令人驚詫的事，要認識一個人，須經過一層皮肉，而發見一個靈魂——經過一層皮肉，而發見娛樂、官感、幻景。啊！尤其是發見所謂幸福的幻景——經過一層皮肉、皮相、幻景——發見人所謂戀愛。』（第三六四頁）

這簡直是尼采的筆調了。

以下一段，也是有尼采的風味，因為她是極端崇拜尼采的人：

『戀愛之神異，在於其音調之高低，宮商之變易；一男子之愛與另一男子之愛相比，猶如聽貝多芬的樂曲與聽布豈尼的樂曲的不同，而那彈出這不同的節奏音響的樂器就是女人。我想一個女人只親愛過一個男子，也像一個人只聽過一個作家的音樂。』（三六五頁）

又如：

『人生究竟是怎麼一回事，有誰能發見？上帝自己也要莫名其妙。統觀這一切悲歡離合；一切的齷齪與光明；這充滿著慾火而同時又充滿著義氣、美麗、光輝的肉體——究是怎麼一回事？上帝知道，或是魔鬼知道——但是我疑心他們倆也都在莫名其妙。』（三六一頁）

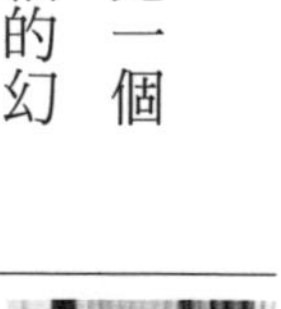

鄧肯的文字是含有詩意，充滿人生的神秘，是成熟滿意的文字，因為她的一生是充滿著詩意及神秘，因為她不但享過人生的艷福，也嘗過人生的苦味，與李易安（清照）相似。以下一段，便是我所謂成熟滿意的文字：

『世人只會吟詠與戀愛，真無道理。須知秋天的景色，更華艷，更恢奇，而秋天的快樂有萬倍的雄壯、奇艷、都麗。我真可憐那些婦女識見偏狹，使她們錯過了愛之秋天的宏大的贈賜……』（三七四頁）

在一本素非文學作者的自傳中，處處發見這種文字，這種感慨，真是意外的收穫了。

鄧肯的藝術舞，可惜當時沒有電影代為保存。她一生的熱誠、興奮、歡騰、苦淚，盡在這本書中遺留給後世。我們讀這本書，如真見一位天才女子的興奮、熱誠、沮喪、悲哀、苦笑、血淚。這是鄧肯晚年的哀歌，也就是一切理想家的哀歌。

二

最近五十年歐洲藝術舞之產生，實由鄧肯一人的魄力提倡而來。本來戲臺上的跳舞，多半是 ballet（芭蕾舞）式的，總是一拍一跳，舞女束腰捏裙，只立在足尖，旋轉翻滾。這種跳舞，已失了人類自然行動之美，成為一種女性的武藝罷了。從鄧肯恢復希臘的藝術舞以後，舞術始得解放，才有基於人體上自然行動之美的舞術，也才有赤足露腿的近於希臘式的服裝。就是現代西洋女子去了三五十年前的束腰短褂，而易以長身的外服，也一部分是鄧肯的恩賜。就是我們中國小學生跳舞時兩手作波動勢，也是由鄧肯某日在意大利 Abbazia 城看見櫻葉在風中搖動得了神感而創設的。

凡事創設不易，要經過社會的非笑、不懂、誤會，和盲目的恭維，到了成功以後，還要成為市儈戈利的貨品。鄧肯初以解放的簡單的服裝，表現人體美，男人還沒什麼，卻引起不少太太們的誤會。在美國表演時，有一次閉會後，有一位有錢的貴婦好意的對她規勸：『不行啊，坐在前排的人都看得清清楚楚啊。』

『在初次（在德）表演 Tanhacuser 時，我的透明的襯衣，顯示我身體的各部分，引起了那些穿淡紅長襪 ballet 舞女的恐慌。到了最後，連可憐的可心瑪（即作曲者 Richard Wagner 之寡婦）也慌張起來。她叫她一個女兒送一長的白裡衣給我，求我穿在我的透明的紗巾之下。但是我堅執不從，我須依我的意思服裝跳舞，否則

寧不上臺。』

『不久你要看見所有的送花仙子都與我服裝相同。』這個預言，已經應驗了。

『但是那時卻有關於我的美麗的胸腿的爭辯，討論我的溫柔豐潤的肌膚是否道德的，應否用沙門魚色的長襪掩藏起來。多少次，我得對她們講到聲嘶力竭，那些沙門魚色的長襪是如何的不雅，而裸體的人身是如何的美麗雅潔，如果是有雅潔的心地。』

三

一人在窮苦中，不屈不撓的要達她的理想，到了成功以後，又能持她的素志，將所有錢財積蓄，辦一學校，想完成她的藝術的夢，至於自身陷入窮困潦倒而逝世——這種人的行為是值得注意的。

鄧肯生於美國西岸之三藩市。自初同她的母親，兄弟雷門，姊妹依利沙伯在窮苦中過活。她們一家四口，都是藝術家，都是不善較量銖錙，不善實際，依利沙伯除外。她天才穎悟，好讀書，既聞希臘的藝術與人生觀，神往不致，遂抱極大決心，要改造她所謂當時拘泥成法，離開自然，不美的跳舞。以一個弱女子，負這樣大的任務，兼要以藝術餬口，自然很不容易，要受多年的磨折。虧得有她過人的天才、堅毅、自信，也虧得有了解她的母親弟弟，受盡磋磨，不屈不撓，才有最後的成功。她們顛沛流離，由美而英而法，總找不到一位有錢兼有識見的主顧，肯完成她的願夢，使她表演她的藝術。在巴黎窮困時，雖有柏林某大戲院主要請她表演，只不許她裸腿赤足，鄧肯竟回絕了她，揮之使去。這已經可以看見她的氣魄了。後來機會到，在柏林表演，大家看她翩若驚鴻的做那種無拘無束不知那裡學來的神妙舞奏，儼然如臨別一境界。一時轟動全國，每次表演，大眾對她引起狂熱的崇拜，尤其是一班青年學生崇奉她如女神，傾倒於她的人也不知凡幾。後來竟有美國迷信的善男信女，抬著病人到她戲院，謂見她表演，病可痊癒。鄧肯的新舞術，竟成了一種風尚，英法各國有人倣效。到了最近，我們還聽見有什麼『鄧肯姊妹』，就是假她的名以為號召，而求射利而已。

鄧肯既然知名，一時交遊無非歐洲貴族富商，藝術界名人，如 D'Annunzio 鄧南遮、Eleanore Duse, Rodin, Gordon Craig, Thode, Cosima Wagner 等。希臘王、保加利亞王也都傾心於她。這樣不可一世的鄧肯，誰也想不到她老時，連房間裡的火爐

都燒不起，真可謂是飽經滄桑世故，（這並不是像中國的賽金花，請讀者不要誤會）。因為她到底是理想家，她雖很有錢，她還做一個大夢，要教出一班千餘人的跳舞團，依她的理想去演奏貝多芬的第九合奏曲（此曲內有歌唱）。但是這一班舞團，卻非從小孩時代，未失自然行動之美之時教起不可。於是她不買一個珠寶，卻把所有的積蓄，開辦這樣一個學校，所有學生的吃穿費用，由她一人供給，至於負債。因為她不會辦事，學生管理不得法，她終於失敗，到大戰時，在巴黎的房屋都保不住，這是她生平第一恨事。晚年之貧窮，大半是為辦此學校所致。

鄧肯已由成功轉入失敗。她的兩個乖巧的小孩一天被汽車送葬於巴黎的萊因河中，從此時候起，她只知道悲哀，不知道快樂。她百萬富翁的丈夫，『只佩服她的肌膚』而不了解她的藝術，後來也斷絕關係了。她後來的俄國丈夫也死了。她只一身孤零飄泊，僅對於藝術有真正的趣味。但是她所提倡的藝術跳舞，又被人抄襲倣效，為射利之途，而沒有真正的大藝術家繼起，尤其使她頭痛。到了晚年，真是窮困萬分，連這本自傳，也是為拿稿費，應美國書店之邀，在一架未付租金中租來，店主常來索還的打字機上寫成的。於一九二八年，她在法國南部尼斯城汽車中，被一條捲入車輪的圍巾絞死。她計劃中一部寫她一九二三年後，方到蘇俄的生活的傳記，遂不得與世人相見了。

四

鄧肯為人跌拓有奇行，樂為人所不敢為，言人所不敢言，生平可傳誦之事極多。有一回，她在柏林表演回來途中被崇拜她的大學生所包圍，將她馬車的馬牽走，由學生拉車到 Siegesallée（凱旋大街），在這街上，她們要求她演講。她看見這街上歌頌武功的石像，由是站在馬車上這樣演說：

『世界最高尚的藝術，莫如造型。但是你們諸位愛好藝術的朋友，為什麼容許這些醜陋不堪的東西巍立城中？你們看看這些石像。你們是學美術的，但是如果你們真正是藝術的信徒，你們就應拾起石子搗毀這些東西。美術？這些東西叫美術？不是，這只是你們皇上的英雄夢。』

幸而有巡捕走來干涉，不然那些石像就要遭殃了。

她自述與意大利詩鄧南遮開玩笑一段，尤可看出這人的浪漫天真。鄧南遮向來凡對女人進攻，沒有不勝利的，因為他一鼓起他如簧之舌讚賞女人，可使被讚賞的

女人昏醉沉沉，如入異鄉，自信果是天地間第一美人。鄧肯因此要與眾立異，為第一不被征服的女子。尤其因為鄧南遮對她的好友杜斯（Duse），有對不住的地方，使她更加有意疏遠他。屢次詩人向她討好，總不得青睞。後來有一次，詩人說他中夜要來。鄧肯乃同琴師將她的藝術室安排起來，滿房置出殯時用的白蓮花，還依西人入殮成例，點了多多少少的白燭。詩人來了，看道黑幔之下這許多白花及燭火，已有些惶惑起來。鄧就領他到一沙發床，使臥上。起初鄧為他跳舞，後來一邊和著蕭邦出殯曲的節奏，一邊在詩人床前放置花蕊及燭火。再慢慢的，把燭火一一吹滅了，只剩下他床頭床尾幾枝。此時詩人陷入魔陣一樣。於是她又一面跳舞，一面把床尾的燭吹滅。正要走來吹床頭燭火時，詩人忽抖起非凡的勇氣，猛然一躍，唬得一聲衝到戶外出去。鄧乃笑倒在琴師的懷裡。

五

鄧肯與大文豪蕭伯納有一段故事，是多人知道的。有一回鄧肯寫信與蕭伯納：我有第一美麗的身體，你有第一聰明的腦子，我們生一小孩，再理想沒有了。蕭伯納回信給她說：不行啊，如果小孩生下來，也許身體像我，而腦子像妳，那可不就糟了嗎？

鄧肯談吐極詼諧。Sewell Stokes 在 Isadora Duncan: An Intimate Portrait 書上，記她談到女人身胖的意見。那時，鄧已經身廣體胖了。她說：『女人發胖，真不必焦急。為什麼要焦急？老實說，女人的思想是從腦子那裡上來的。正像男子的腦子是在頭上，思想是由上而下的。我不是說說而已——實有其事。我個人所認為的偉大的婦女——Duse, Bernhardt Ellen, Terry（都是著名女演員）——壯年時都有大肚子。』

她一生輕財，惡珠寶。Stokes 書中記她有一天在尼斯同一位伯爵夫人談話。她們正談婦人裝飾之無意義。伯爵夫人同意時，她便把這位朋友身上掛的一條珍珠鍊及其他首飾抓起，走到水旁，扔在海裡。

她記述她初次與她百萬富翁的丈夫相會時，有一段描寫，表示她的深惡富家子弟：

『你是否一位藝術家？』

『不，不。』他極力的否認，如否認一種污衊的話。

『那麼，你有什麼東西？有什麼大主張？』
『那裡！我一點主張都沒有。』
『至少在世上總有一種志氣吧？』
『一種也沒有。』
『但是你做什麼事？』
『沒做事。』
『你一定總有一件事。』
『是的，』他沉思著回答。『我收藏了一些極美十八世紀的鼻煙盒。』

六

鄧肯的跳舞，雖說發端於崇拜希臘的藝術文化，見解立說卻是她自己的。她的跳舞的教師，不是希臘的石像，卻是幾位文學音樂大家，是由 walt Whitman（惠特曼）詩中的節奏得來的，由尼采的文句與精神，由貝多芬、瓦格納（Wagner）、蕭邦（Chopin）的音樂得來的，尤其是由自然界山川河海，樹木花草天然的波動得來。她說她的教師是貝多芬、尼采與瓦格納。『貝多芬創造跳舞的雄大節奏，瓦格納創造跳舞的形體，尼采創造跳舞的精神。尼采是第一跳舞的哲學家。』她的自傳裡封面引尼采的話說：

『如果我的道德是跳舞家的道德，如果我常跳躍到青霄，如果我的道理始末是要使重濁的變為輕清，使所有的軀體變成跳舞家，所有的靈魂變為飛鳥；真正的，這是我道理的始末。』

鄧肯在書中說：『在健身房的運動，身體之訓練自身就是目的，而在於練習跳舞的人，這種訓練只是一種工具。那時要忘記你有身體：身體不過是已練好配好的一種器具，而所有動作，不應當表現軀體的動作，如健身運動，卻應該借這軀體表現魂靈的思想與情感。』

因此這種跳舞乃得稱為藝術。跳舞家能隨他一時的心境，由身體的節奏自由表現出來。有一回他跳舞表示美女之青年與死之奮鬥，觀眾才告訴她，這就是 Schubert（修伯特）的美女與死曲中的主題，果然奏來與 Schubert 的音樂相合。蕭

邦、瓦格納的音樂有些地方常人不得其意，倒是靠她的跳舞表現出來。這是她特別的天才，跳舞能到達此境地，已經成為一種創作的藝術了。

七

女子自傳最不容易，尤其是關於性的衝動的敘述。鄧肯是解放的思想家，也許可說她比常人浪漫，但是她的浪漫是有主義的，是誠實的。她關於性的快樂，及與Rodin, Gordon Craig 性的歷史，有幾段極難得的妙文，我們不能歷歷細述，但是至少要引了兩段，代表她對性的態度：

『我可以順便聲明，你們已經在我的自傳看出，我一生是忠實於我的愛人們的。若是他們不遺棄我，我是不至於脫離他們。因為我愛他們，如同我從前愛他們一樣。如果我脫離這許多人，其過只在男子的輕薄及殘忍。』

自傳第廿四章，她自稱為『塵凡恩愛之辯護「An Apology of Pagan Love」』，有幾段誠懇的言詞，有一段說：

『我不明白，人生出世，此身就要多少苦痛——長牙齒，拔牙齒，鑲牙齒，而且無論如何規矩的人，也有疾病，傷寒等等——為什麼，機會到時，不可從這肉身也擠出最高度的歡樂來？一人竟天用腦力，經營計算——為什麼他不可在女人的懷中，得一點慰安，尋一點快樂，以消除日間的苦痛？我希望我給與快樂的人，也常有快樂的回憶如我快樂的回憶一樣。』

間於她生產的苦痛，養兒的快樂，尤其有誠實的描寫。『有那一個母親曾經告訴人，嬰孩咬她的奶頭，奶湧出時，是怎樣的感覺？』這種文字太好了。這本書應該譯成中文的。〔編按·中譯節本有孫洵候的《天才舞女鄧肯自傳》（生活），沈佩秋的《鄧肯自傳》（啟明），和于熙儉的全譯本《鄧肯女士自傳》（商務）等。〕

17・談牛津

一

你到了牛津大學，就同到了德國一個中世紀的小城一樣。有僧寺式的學院，中世紀的禮堂，古朽的頹垣，彎曲的街道，及帶方帽，穿架裟的學士在街上走，令人恍惚如置身別一世界。我初到牛津，住在一間十五世紀的旅館，這旅館還有英國鄉下客棧的遺形，入門便是一個不方不圓鋪石子的庭院，大概就是古時停馬車之所。找到了賬房之後，茶房領我由一小小的樓梯上去，拿出一把五寸多長的鑰匙，開一間小小房間。我一窺看，不但沒一品香的汽爐，就是冷熱自來水都沒有。我覺悟了，我是身臨素所景仰懷慕，世界著名的最高學府了。於是很快樂的對茶房說『好極，好極』，就把房間定下。晚上在朋友家用飯之後，回來獨坐房中疑神疑鬼，聽見隔壁有人咳嗽，就疑是Addison（十八世紀英國散文作家）傷風，聽見有老人上樓的腳步，就疑是牛頓來訪。這樣吸煙出神，坐到半夜，聽見禮拜堂一百零一下的鐘聲，心上有無窮的快樂，也不知是在床上，或大椅上，就昏昏入寐了。

二

現代中國學生，一到牛津，總覺得不滿意之處。至少似乎許多現代人生必需的物質條件都缺乏。第一樣，找不到亮晶晶的浴房、健身房、抽水馬桶；第二樣，找不到汽水爐；第三樣，找不到圖書館卡片索引。就使偶爾有之，也不是普遍的現象。講到教授方面，尤其是使留美學生驚異的，就是課程上找不到『烹飪術』、『招徠法』、『廣告心理學』等等科目。正教授的職務，規定每年演講至少三十六次。此外有許多支薪而不做事的研究員（fellows），分庭抗禮，佔據各書院的樓房居住。比如眾魂學院（All Souls College）就全被這些支薪不做事，由大學倒貼他們讀書的先生們住滿。這班先生們高興演講時，便出一通告，演講不演講，也沒人

去理他。他們雖然不許娶妻，過和尚生活，但養尊處優，無憂無掛，暑假又很長，生活真太舒適而優美了。除了看書，吸煙，寫文章以外，他們對人世是不負任何義務的。學生願意躲懶的，儘管躲懶，也可畢業，願意用功的人，也可以用功，有書可看，有學者可與朝夕磋磨，有他們所私淑的導師每星期一次向他吸煙談學——這便是牛津的大學教育。大學分三十學院，何以三十，找不出理由。學院又各有他個別的風氣、傳統、歷史、制度。連院長名稱，或為 master，或為 warden，或為 principal，或為 president，都不能統一。這樣重重複複，累累贅贅把些毫不相干的學院集於一城，湊合起來，便成為世界馳名的牛津大學。

像英國人的品性，英國的憲法，及一切英國的制度，牛津大學是理論上很有毛病的一種組織。所奇怪者，這種理論上很有毛病的組織，仍能使學者達到大學教育最純正的目的，仍能產生一種談吐風雅，德學兼優的讀書人。在我國看慣了充滿『學分』『單位』『註冊部』『補考』『不及格』現象的美國式大學的人，也許要認為這太玄奧難懂了。但是一回想我們古代書院的教育，注重師生朝夕的薰陶，講學的風氣，又想到書院中師生態度之閒雅，看書之自由，及其成績之遠勝現代大學教育，也就可以體悟此中的真秘罷。

三

李格（Stephen Leacock）為現代一位幽默大家。他曾著一篇『我所見的牛津』（Oxford as I see it）。此文曾由徐志摩譯出，不知收入那一本志摩的文集中。我們可就此篇中精彩處，重譯幾段，不但可使讀者明瞭牛津大學教育之精神，也可以證明論語提倡吸煙，非無理取鬧，而有很精深的學理存焉。

李格說：

『據說這層神秘之關鍵在於導師之作用。學生所有的學識，是從導師學來的，或者更好說，是同他學來的：關於這點，大家無異論。但是導師的教學方法，卻有點特別。有一位學生說：「我們到他的房間去，他只點起煙斗，與我們攀談。」另一位學生說：「我們同他坐在一起，他只抽煙同我們看卷子」。從這種及別種的證據，我瞭悟牛津導師的工作，就是召集少數的學生，向他們冒煙。凡人這樣有系統的被人冒煙，四年之後，自然成為學者。誰不相信這句話，儘管可以到牛津去親眼領略，抽煙抽得好的人，談吐作文的風雅，絕非他種方法所可學得來的。』

四

我曾為文（即『談理想教育』），主張一人的學問與註冊部毫無關係。學問怎樣壞，註冊部也無方法斷定他是不及格，學問怎樣好，註冊部也無法斷定他是學成畢業。至於心理學七十八分，英國歷史六十三分，更加是想不出什麼意義。有人認為這是瘋狂。現在也不必去管他。但記得志摩這樣說過：他在美國 Clark 大學跟人家夾書包，上課室，聽演講，規規矩矩念了幾年，肚子裡還是個悶葫蘆，直到了他到劍橋，同朋友吸煙談學，混一年半載，書才算讀『通』了。（徐志摩在克拉克大學念銀行學（一說念社會學），在劍橋大學學經濟學。——編者）試問書讀『通也未』，註冊部有權過問，有方法衡量嗎？須知大學之所以非有註冊部不可，是因為大家要向大學拿文憑，大學為保全招牌信用起見，不得不將一人之心理學定為七十八分，英國歷史定為六十三分。然而六十三分，七十八分為一事，讀書通不通，又是一事。結果，把一班良莠不齊的人，放在一堂，由先生指定星期四九時心理學念到第二百八十六頁第十三行，十時法文念到第七十六頁第八行，遲鈍者固然趕得喘氣，聰明者也只好踏步走。犧牲了高材生以就下愚，這是通常大學教育最冤枉的一件事。牛津大學態度不同，庸才求學，牛津也送他一張文憑，賢才求學，牛津也送他一張文憑（其中要『及格學位』pass degree 或是要『優等學位』honours degree 都各聽其便），不過不叫賢才去等庸才踏步走，使他有盡量發揮的機會。

李格有一段精彩的話說：

『我所以仰慕牛津的重要理由，就是這個地方，還未受了一種衡量「成績」的風氣，未沾染上馳騖於看得見，可以示人的「能率」的熱狂。牛津大學整個制度，是叫賢才佔便宜，而讓凡庸愚鈍者自己去胡鬧。對於愚鈍的學生，經過相學時期，牛津大學也給一個學位，這個學位的意義，不過表明他吸過牛津的空氣而未坐獄。社會對於多數的學生也只能期望如此而已。但是對於有天才的學生，牛津卻給他很好的機會。他無須踏著步等待最後的一雙跛足羊跳過籬笆，他無須等待別人，他可以隨意所之，向前發展，不受牽制。如果他有超凡的才調，他的導師對他特別注意，就向他一直冒煙，冒到他的天才出火。』

五

我在牛津看見一位很美麗的紅衣女子。這女子據我看來是天下第一美人。也許是因為那天下午天氣太好；也許是因為我自己精神太興奮所致；也許是因為牛津的屁也香的緣故。我們的論斷都是受情感作用的。但是身居其境，確係如此感覺，雖明知主觀作用，也無可如何。

牛津向來是不收女生的。不知是不是海禁既開，受了中國的影響，聽說中國已經男女同學（民國九年秋，北大正式招收女生，是為我國公立大學有女生之始。——編者），自覺慚愧，急起直追，所以於最近也居然許女生入學了。但是仍然沒有實行男女同學的勇氣，女子另外立學院，替她們安排，夜裡到了幾點，大門仍舊關起來。牛津女子學院共有四個，為什麼四個，也找不出理由。記得一個叫做聖柔利，一個叫做瑪加列。因為我有三個女孩，所以也特別參觀一下。紅衣女郎說她們生活很好，規矩也不太嚴，也不太寬，總之就是合乎英國紳士中庸之道。但是言詞之中，每每羨慕男生宿舍比她們好，機會比她們好。男生所住的是摩得倫僧院，她們只能住新式的洋房。她說劍橋的女生比她們自由，因為劍橋的女生還是自居化外，不能拿文憑，無論怎樣勤讀，劍橋總是不算她們做大學中人。因此劍橋大學也不得不讓她們自由了。我看瑪加利學院的樓舍比不上聖瑪利亞（中國），聖柔利的樓舍也比不上中西女塾（中國）。但是我仍不準備把女孩送入瑪利或是中西。

六

我曾在一個學院（耶穌學院）吃過飯。飯廳飯桌，還是沿用中世紀僧院的形式。上頭坐著本院教員。下頭學生圍著一條長桌，坐在長條板凳。牆壁上掛著也不知是十七世紀或十八世紀的油畫，畫中人物都是本院出色的人物。他們的眼睛下看這些學子，好像在保佑他們，同時在勸勵他們上進，無愧為耶穌學院的學生。吃飯時也有許多傳統的規矩，譬如不許提到女人名字，是不是僧院的遺風，就無從考證了。聽說有學生席上偶然提維多利亞及伊利沙伯女王的名字，也照例受罰了。席後照例傳飲『愛之杯』，這就是中世紀僧院之遺風無疑。『愛之杯』是一大杯，盛一種薄酒，傳飲之時，也有許多規矩，犯了也要受罰。聽說古時禮節，凡舉杯飲酒之

人，其在右之人必須起立。這起立是有重大意義的，是要保護飲酒之人，提防在他舉杯之際，有人從他背後砍他腦袋。其用意與西人握手，表示並無執劍，免冠（古時免盔之變相表示）表示並不敵視你之意相同。但是到底杯只有一個，大家傳飲，唾沫留在杯口是不能免的事，因為我是客，他們不叫我飲，我也甚覺快樂。於是我又感覺牛津之衛生，也遠不如暨南復旦。但是如果我有兒子，仍舊不準備送入復旦或暨南。

綜括以上，使我得一種感覺。英人之重傳統遠在華人之上。這也許是英國所以為偉大，也就是牛津之所以偉大緣故。牛津太不會迎合世界潮流了。因為他不迎合潮流，所以五百年間，相沿而下，仍舊能保全他的個性，在極不合理之狀態中，仍然不失其為一國最高的學府，一個思想之中心，所以『牛津學生走路宛如天地間惟我獨尊』，這種精神求之於中國，惟有康有為、辜鴻銘二人而已。革命的人革命，反革命的人反革命，大家不要投機，觀察風勢，中國自會進步起來。

18・討狗檄文

今天看見豈明先生『恕府衛』一文，末段，幾句沈重的話，使我不得不決意拋棄很重要的事務，來講幾句更重要的話了。

記得民國六、七年，新青年時代，我們智識界是一致革命的，不打算荏苒十載，今日已是民國十五年，不但思想革命沒有點成功，智識界方面自己軟了腿，一方面講革命，一方面正在與舊勢力妥洽，這當然是因為人多種雜之故；許多聰明人本來是應該做官的，因為環境的關係一時蟄居教育界。教育界來了這些雜種份子，分裂是必然之勢。我們並不以為十分希奇，不過以此為十年來智識界之進步，難免言之痛心而已。前十年自我為『亂黨』，為『洪水猛獸』者，是前謂故舊大臣及遺老，今日自我為『洪水猛獸』者乃出洋留學的大學教授們（指『江亢虎』，蓋江，洪水也；虎，猛獸也——編者），我們還有何話可說，我們自己並沒有進步，就是

我們的敵人『文明』些吧！我們所要疑問的，就是這些人為什麼不去做官？為他們個人計，為智識界自身計，我們都希望他們升官發財，因為做了官講官話，大家還可以知道是官說的，不會受其欺愚，同時亦可以免得污衊教育界之尊嚴，倘是反動派都肯去做官，這倒是免除智識界分裂之一辦法。

智識界內部不一致，要想打倒軍閥，打倒官僚，是絕對的空想。大家倘是這一步看不清，而天天大談特談打倒軍閥，結果還不免流為一種空談而已。所謂軍閥等於虎，則智識界至少須等於狼，團結起來，才略有與之抵抗之希望，若狼中雜了些叭兒狗，一方面做老虎（指『章士釗』——編者）的間諜，一方面擾亂智識界自身之團結，再不到五年智識界的戰鬥力可保其完全消滅。

所以這些東西，忽然說些漂亮話，忽然說些糊塗話，我們都應該小心。其漂亮與其糊塗都可以其私人利益而解釋。我們的敵人，率禽獸而食人者，將來就是這些東西，給革命勢力以致命傷者亦就是這些東西。

由這回慘案（指民國十五年『三一八』天安門慘案——編者）後『喪家狗』之舉動言論，已經更可看得顯著了。豈明先生謂這回老段（祺瑞）所以敢殺人實由於他知道智識界的身分並不比官僚清高，是可以用威嚇利誘的，或是講情面，或是用大洋，『輿論界』一定有一部分人替他掩護，所以他才敢樣。這個話可以使我們深省。其實自章士釗上臺所做一切的罪孽，無一不是因為有這『輿論界』的保護，是應有一部分由正人君子及大學教授負責，這並不是效『現代評論』先生們欲替政府解圍的手段，乃實情如此。倘是章士釗知道教育界能一致反對他，未必敢出其種種摧殘手段，此可斷言。其所以敢解散女師大，就是靠有一方『輿論』的幫助，有一方的教授們要替他助長聲勢，同時有新文化領袖說『女生都可以叫局』，所以女師大更非解散不可，同時有四十歲以上的太太們在那邊憤慨激昂。謂今日女學生之『學風』非『整頓』一下不可，同時『整頓』時，有人『坐汽車』去『觀戲』。

這些話都屬過去，可以不提，似是經過這回慘殺的事件，我們不能不慎重的把這教育界與政府實行『互助』問題徹底研究一下，倘是報上所載各校教職員代表敷衍政府的事實是真的。倘是每回政府預定計劃屠殺數十，槍傷數百學生以後，九校代表的四校仍舊不願意通過責問政府的案，我們還是這樣容忍下去不是？將來智識界青年界無論受政府摧殘都有人要替政府大賣氣力，無論如何反對政府的提議（脫離章長的教育也好，聲明執政府應負殺人責也好。）都要自己分裂不一致，還講什麼革命？

近來屢屢有人提議教育界之革命派及反動派應該重修舊好，勿自相攻擊。我們對於這種的提議都是取堅決拒絕態度，我們是絕對不妥洽的，與政府妥洽的人妥洽，即同於與政府妥洽。而且這種提議是簡直可笑，無提出之必要，倘是大家主張一致，則言論自然一致，無妥洽之必要，倘是大家主張根本不同，則單求表面上之一致亦是無用。所謂不『平』何以言『和』？我們罵章士釗，你們也肯罵嗎？我們攻擊研究系，你們也肯攻擊研究系嗎？我們深惡晨報，你們也能深惡晨報嗎？倘是肯，表面上不一致亦自然一致了，並沒有講和之必要。

我曾經說過我們須先『內除文妖』再能夠『外抗軍閥』，這個文妖與軍閥的關係恐怕大家看不明。豈明君說的非常明瞭，故重抄於左，希望大家趁這屠殺案未過去時，深思一下。

（A）『也不見得以前的衛隊軍警一定怎樣高明，到了現在才變壞了，然而以前不開槍而此刻忽然開槍了，這是什麼緣故呢？是的，衛隊軍警並不變壞，而北京的智識階級——名人學者和新聞記者變壞了……五四之役，六三之役，學生們轟轟烈烈鬧得更利害……那時為什麼不開槍的呢？因為這是輿論所不許。大家不要笑我這句話說得太迂，只要把今昔情形一比較就明白了……』

（B）『五四時代北京各校教員幾乎是一致反抗政府，這回大屠殺之後，不特不能聯合反抗，反有聯席會議的燕樹棠，現代評論的陳源之流，使用了明槍暗箭，替段政府出力，順了通緝令的旨意，歸罪於所謂群眾領袖，轉移大家的目光，減少了攻擊政府的力量，這種醜態是五四時代所沒有的。其實這樣情形當然不是此刻才有的，去年大半年來早已如此，反對章士釗事件可以算是這個無恥運動的高潮，而這回的殘殺也就是其結果。政府以前還怕輿論制裁，不敢任意胡為，到了去年知道這些輿論代表與智識階級都是可以使得變扭的，章士釗只須經手一千塊錢的津貼便可分設一家白話老虎報於最高學府，有人長期替他頌揚辯護或誣衊別人，這是多麼的經濟的辦法！有了一部分『知識階級』做段、章的嫖客，段政府自然就膽大了——現在還不開槍等候何時！於是開槍矣，於是群起而擁護政府矣！』

以上的話倒底是說的『太迂』還是說的太沈痛，請大家試想吧！

倘是以上的議論不謬，我們只有一條路可走，就是先把智識界內部肅清一下，就是先除文妖再打軍閥，必使文妖消聲匿跡而後已，至少亦使得他掛出『狼』的招

牌來，要做他們的狗事亦得偷偷摸摸的去做，不能像現在那麼舒服，白天在晨報或現代評論或九校聯席會公然幹他們的鬼勾當。我們不但不言和，『狗狼之戰』應該自今日開始。我們打狗運動應自今日起，使北京的叭兒狗、老黃狗、螺獅狗、笨狗及一切的狗，及一切大人所豢養的家禽、家畜都能全數殲滅。此後再來講打倒軍閥。

這篇寫到此地有點像『討狗檄文』，惟文字上太草率些，不大像檄文。其實就當做一篇討狗檄文，也不要緊，討狗的檄文，本來不應過於鄭重！打狗還要用金棍子嗎？

19・讀書救國謬論一束

在中國枯燥的生活中，有兩類動物是樂觀的。因為他們的舒服是真的，快樂是真的，所以不能引起我們不舒服的人偶然的同情，而且因為在四面楚歌之時，竟有人敢唱起空城計來，就使不足以鼓起我們的勇氣，也至少可以使我們開開心。但是我覺得中國果有振興之時，此兩類怪物非放之三危，殛之羽山不可。這兩種怪物，不用說的，就是遺老與遺少。

一、空城計何以唱不得

有人問：他們快活，也就讓他們快活，何以誅殛他們之必要？這是根本不明白今日事實的人所必有的懷疑？其實，在四面楚歌時候，有人唱唱空城計讓大家開開

心，也未嘗不妙。遺老遺少的樂觀，若當做玩意看，未嘗不可開心，因為他有一種風趣，同看瘋人在街中唱打鼓罵曹，或者跟一個渾身襤褸的叫化子竟天嘻笑一樣的神秘。但是倘使有一位戲迷，不但要去大街上唱他的戲迷曲，並且要強迫全路的行人同他合唱，那就未免有點『擾亂治安』的嫌疑，『為法律所不許』的了，也只好送入瘋人院妥當。倘是有人不但躬體力行其樂天主義，並且要勸告全國的青年與他一樣，且美其名曰樂觀，曰不談政治，曰讀書救國，我們卻不能不提出反抗，因為果使全國的男女青年能像他們的舒服樂觀，中國的命運也就完了。因為『勿談政治』『閉門讀書』等等的美字樣，實不過蓋藏些我們民族的懶惰性與頹喪性而已，不過是我們中庸知命系統哲學的新解釋，是我們羲皇上人擊壤而樂的新變相——總而言之就是西人所謂『東方文化精神』新的表示而已。況且倘使我們這些朋友不願意談政治也可以，要閉門讀書也可以，若必打起口號，說什麼其讀書乃所以救國，這卻未免太多事。

二、什麼叫做勿談政治

自從滬案（指民國十四年『五三』慘案）發生以來，遺老與遺少反對學生愛國的論調，我們也聽夠了。其中種種名目，足以動人聽聞的，自亦不少，如『罷課是自殺』，『學生不念書，反來救國，是上了智識階級之當』，這些是較粗糙率直顯然『不負責任』的。但是還有一種表面上較公平，似與學生同情，而實非同情，要反對學生，而又不公然反對學生，所以更可怕的論調。就是『勿談政治』『閉門讀書』『讀書救國』等等。

所謂『勿談政治』，而可仍舊愛國的人，是否因為說者以為中國人能談政治的太多，或是如何講法，我們自然不易揣摩。我們若再進一步問：是否單學生不應談政治，或是人人都不應談政治？若是單學生不應談政治，他人卻許談政治，則此中的標準何在？要以年限，或是以什麼為標準？如未成年的不可談政治，『成人』後才可以談——以政治與學生生理上發育完備為比例，略如娶媳婦一樣，這倒也是一個辦法。如是則古有明訓，男以三十，女以二十為限，倒也明確易辨。所難者，是

幾位三十以上的大學生而已。或者以畢業為準，畢業以前就是學生，畢業以後才是『國民』，或者爽快些說，畢業以後才是『人』，如此以『學』與『國民』相對，或者簡直與『人』相對；但是此解法，卻又與民國憲法上『國民』二字之法律上解釋相矛盾。據這種教育家的觀察，學堂是學堂，人生是人生，學生『唯一的職務』是閉門念書，『人們』才可以閉門救國。『人們』猶如田雞，學生猶如蝌蚪，人們猶如一種燈蛾，學生卻只如一種蟲蛆，這些蟲蛆於未成燈蛾時，也只好聽其蟲蛆而已。所可慮者燈蛾仍舊要由蟲蛆變來，倘使未畢業的學生可以『閉門念書』除非continuity of personality（連續性的性格）忽然停止，或者在畢業典禮，受什麼神經上神秘的改化，略如蠶繭出殼一樣，可以擔保將來的商家一定不閉門營利，將來的外交官一定不閉門營私，或勾結洋大人，因為這也是他們『唯一的職務』。如此士農工商各盡厥職，中華民國自然太平萬歲了。

三、閉門讀書謬論之由來

但是『勿談政治』還有第二個解說，就是不但學生不應談政治，並且人人都不應談政治，除去官界的以外。這實在是更大的問題，而不限於局部的學生。這種觀念我們不用說的，就是現時政府及名流的主張，政治是官僚的事，是與小百姓無關的。我們須明白這種『勿談政治』的高論，不是空空一個學理，是與政府的行為互相表裡。有這種政府才有這種政治學，有這種政治學才有這種政府。所以要明白勿談政治的真正意義，須先明白我們今日實際上是怎麼樣的一個國體。我們明白這個政治的背景，才能明白這種謬說的由來。

四、政治與精神歐化

我們不但要反對人家的提倡勿談政治主義，我們並且應該積極的提倡，凡健全的國民不可不談政治，凡健全的國民都有談政治的天職，我們須明白所謂勿談政治，實只是中國民族已成敗類的一個象徵，勿談政治是中國民族普通惰性的表現，並沒有什麼精深學理。所以談政治，即聽天由命中庸哲學之又一變卦，即普通中國母親送小孩入學勸以『勿管閒事』之一新形。不但政治不可談，實則在社會與學堂，凡公共事業，與自身幸福無關的，都不必談。此種遇事畏葸、消極、苟且、偷

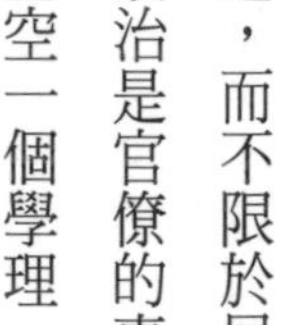

安的態度，是否東方文明的特色，我們很可以仔細考量一下。據這種態度我們可以決定勿談政治之高論不但在『民國』裡可以以此相戒，等到亡國在大英或日本屬下之時，更當受社會一般歡迎。我曾談到精神歐化問題而以『談政治』為足以復興吾民精神，『適足以針砭吾民族昏憒卑怯頹喪傲惰之癱疳』六條之一，實在因為「不談政治』是吾民族畏葸消極之一主要象徵。我們所以反對閉門讀書，非真反對閉門讀書，實反對借閉門讀書之名閉門睡覺之實。我們反對勿談政治，實不僅反對勿談政治主義，實反對我們信中庸主義（即『永不生氣』主義）及樂天之命（即『讓你吃主義』）的同胞。

我曾說過：『新月社的同人發起此社時有一條規則，謂在這裡什麼都可來（剃頭、洗浴、喝啤酒），只不許打牌與談政治，此亦一怪現象也。』（見『給玄同先生的信』——編者）

其實這豈但是新月社的怪現象，實只是一張中國普通社會的小照。對了，什麼都可以來，剃頭、洗浴、喝啤酒，（且有甚焉者），只不談政治！此種遺訓，應否介紹於全國男女青年，似尚有待研究之必要吧！

20・說浪漫

晨起雨霽，作雲中囚數日，見此心地亦隨之而放。容光照紙上，如藍天海月，照人顏色，更喜，乃執筆記敘此心境，不負此晨光。因思日來濛霧薇山，不能出門寸步，頗似名教及文學上之古典主義。處其間者，亦終日守身如玉，存履霜臨冰之念，兢兢以終世至入棺木，是豈得人情之正者？孔子聞人歌而樂則和之，是孔子吟唱，亦不定於未時申時舉行也，今世儒者並定時亦不敢歌矣。哭而慟，酒無量，與點也，三月不知肉味，皆孔子富於情應之證。至若見一不相知者之喪，淚珠無故滴下（惡其涙之無從），直是浪漫派若盧騷者之行徑。蓋儒家本色亦求中和發皆中節而已，第因『中和』二字出了毛病，腐儒誤解中和，乃專在『節』字、『防』字用工，由是孔子自然的人生觀，一變為陰森迫人之禮制，再變而為矯情虛偽之道學，而人生樂趣全失矣。漢之儒學趨入陳腐，專習章句，已無有生氣，並無有人氣。於

是有第一次浪漫運動之魏晉思想出現，比儒士之守強墨於蝨行褌中縫線。

古典主義及浪漫主義乃人性之正反兩面，為自然現象，不限之於任何民族，故以名教獨霸天下之中國亦不能免，儒者不自知其過，而直詈清談，豈知此乃自身俗論引起之反動，時勢所成，積重難返，儒家反抗，亦無奈何。自是道家思想遂成為中國之浪漫思想，若放逸，若清高，若遯世，若欣賞自然，皆浪漫主義之特色。入自然者愈深，則其惡禮制愈甚。

阮藉等之倡狂放任，唾棄名教，即浪漫派深惡古典派之本色。或者不是深惡，只是若莊生之呵呵大笑的輕鄙而已。唐之道風不絕，至宋而有理學出現，是蘇黃之詆謔理學，亦即浪漫思想。明末後有浪漫思想出現，自袁中郎、屠赤水、王思任以至有清之李笠翁、袁子才皆崇拜自然真摯，反抗矯揉偽飾之儒者，而至今明清尚有一些文章可讀者，亦係借此一點生氣。此些人尚可自稱為儒，並肯自稱為儒，實係孔子人本主義基礎打得寬的緣故，故在其『近情』範圍之中，仍容得下浪漫反抗，許人歸返自然也。此時若屠陸之浪漫思想最明。此人尚放任，尚偉大，尚高傲，若鴻苞書『中庸奇論』說得最清楚：

俗人局井蛙夏蟲之見，乏廣大寥廓之觀，惟知世間之啗飯遺矢以為中庸。稍有出於常格跬步者，便指以為奇，而驚駭疑畏之，此庸眾人往往所以得志，而賢智坐困。苟非挺金鐵百煉之性，負鳳凰千仞之氣者，鮮不俛而就俗尚，趨常局，以免於世之疑駭，世道又何賴乎？此其關係夫豈淺也？

屠公看得出此中一個關鍵，眼光實超人一等，我以為中國偉大人格，正在賢智坐困而俛就俗尚趨常局耳。在看得起人類者，都不會贊成此種陷賢智於常局之圈套。試思中國四萬萬同胞，何以出不了一位甘地，並出不了英國第三四流政治人才？此中關係，豈非如赤水所云？否則天生四萬萬同胞，皆庸才無疑，而非禮教俗尚之罪也。赤水又曰：

古豪傑遇今之時，有低眉束手而坐因耳。而都顯要享富貴者，必啗飯遺矢之輩。啗飯遺矢而外，稍有所舉動，悉奇也。此豈國家之福哉！

痛哉斯言！吾意當不是天不生豪傑，當是天生了豪傑，而豪傑為世所困耳。世

人既鄙奇崇庸，黠者乃飾其奇而隱於庸，以與世浮沈。討王公大人喜歡，求得一官半職，從庸泉啗飯遺矢，又從庸泉壽生孫，而國事乃無人過問。夫豈真兒女情長，英雄肝膽自生得不結實耳。及至庸勝奇之勢成，半個甘地乃不可得，半個路意喬治亦不可得。來一俄國第四流小職員鮑羅庭與黃帝三十六子孫共事，只做顧問，不與職權，乃黃帝三十六子孫亦獨讓一個鮑羅庭出風頭。從此可知中國之病已入膏肓。赤水黃泉有知，亦當三嘆。

吾故曰，中國可產龜，但斷產不出長頸鹿。因在中國，頸太長是一樁罪過，人人執一斧待而砍之。惟有龜，善縮頸，乃得人人喜歡，而龜齡鶴壽，亦果然可以辦到。是之謂中國式之養生。

21·寫作的藝術

寫作的藝術是比寫作藝術的本身，或寫作技巧的藝術更廣泛的。事實上，如果你能告訴一個希望成為作家的初學者，第一步不要過分關心寫作的技巧，叫他不要在這種膚淺的問題上空費工夫，勸他表露他的靈魂的深處，以冀創造一個為作家基礎的真正的文學性格；如果你這樣做，你對他將有很大的幫助。當那個基礎適當地建立起來的時候，當一個真正的文學性格創造起來的時候，風格自然而然地成形了，而技巧的小問題便也可以迎刃而解。

如果他對於修辭或文法的問題有點困惑不解，那老實說也沒有什麼關係，只與他寫得出好東西就得了。出版書籍的機關總有一些職業的閱稿人，他們便會去校正那些逗點、半支點、和分離不定法等等。在另一方面，如果一個人忽略了文學性格的修養，無論在文法或文藝的洗鍊上用了多少工夫，都不能使他成為作家。蒲豐

（Buffon）說『風格就是人。』

風格並不是一種寫作的方法，也不是一種寫作的規程，甚至也不是一種寫作的裝飾；風格不過是讀者對於作家的心思的性質，他的深刻或膚淺，他的有見識或無見識，以及其他的質素如機智、幽默、尖刻的諷刺、同情的瞭解、親切、理解的靈敏、懇摯的憤世嫉俗態度或憤世嫉俗的懇摯態度、精明、實用的常識，和對事物的一般態度等等的整個印象。世間並沒有一本可以創造『幽默的技巧』，或『憤世嫉俗的懇摯態度的三小時課程』，或『實用常識規則十五條』和『感覺靈敏規則十一條』的手冊，這是顯而易見的。

我們必須談到比寫作的藝術更深刻的事情；當我們這樣做的時候，我們發見寫作藝術的問題包括了文學、思想、見解、情感、閱讀，和寫作的全部問題。我在中國曾提倡復興性靈派的文章和創造一種較活潑較個人化的散文筆調；在我這個文學運動中，我曾為了事實上的需要，寫了一些文章，以發表我對於一般文學的見解，尤其是對於寫作藝術的見解。我也曾以『煙屑』（見林氏創刊的『宇宙風』雜誌——編者）為總題，試寫一些文藝方面的警句。這裡就是一些煙屑：

（甲）技巧與個性

塾師以筆法談作文，如匠人以規矩談美術。

書生以時文評古人，如木工以營造法尺量泰山。

世間無所謂筆法。

吾心目中認為有價值之一切中國優秀作家，皆排斥筆法之說。

筆法之於文學，有如教條之於教會——瑣碎人之瑣碎事也。

初學文學的人聽見技巧之討論——學說之技巧、戲劇之技巧、音樂之技巧、舞臺表演之技巧——目眩耳亂，莫測高深，那知道文章之技巧與作家之產生無關，表演之技巧與偉大演員之產生亦無關。他且不知世間有個性，為藝術上文學上一切成功之基礎。

（乙）文學之欣賞

一人讀幾個作家之作品，覺得第一個的人物描寫得親切，第二個的情節來得迫真自然，第三個的豐韻特別柔媚動人，第四個的意思特別巧妙多姿，第五個的文章讀來如飲威士忌，第六個的文章讀來如飲醇酒，他若覺得好，儘管說他好，只要他的欣賞是真實的就得。積許多這種讀書欣賞的經驗，清淡、醇厚、宕拔、雄奇、辛辣、溫柔、細膩，……都已嘗過，便真正知道什麼是文學，什麼不是文學，無須讀手冊也。

論文字，最要知味。平淡最醇最可愛，而最難。何以故？平淡去膚淺無味只有毫釐之差。

作家若元氣不足，素養學問思想不足以充實之，則味同嚼蠟。故鮮魚腐魚皆可紅燒，而獨鮮魚可以清蒸，否則入口本味之甘惡立見。

好作家如楊貴妃之妹妹，雖不塗脂抹粉，亦可與皇帝見面。宮中其他美人要見皇帝皆非塗脂抹粉不可。作家敢以簡樸之文字寫文章者這麼少，原因在此。

（丙）筆調與思想

文章之好壞乃以有無魔力及味道為標準。此魔力之產生並無一定規則。魔力生自文章中，如煙發自煙斗，或白雲起於山巔，不知將何所之。最佳之筆調為『行雲流水』之筆調，如蘇東坡之散文。

筆調為文字、思想、及個性之混合物。有些筆調完全以文字造成。

吾人不常見清晰的思想包藏於不清晰的文字中，卻常看見不清晰的思想表現得淋漓盡致。此種筆調顯然是不清晰的。

清晰的思想以不清晰的文字表現出來，乃是一個決意不娶之男子的筆調。他不必向老婆解釋什麼東西。康德（Immanul Kant）可為例證。甚至巴脫勒（Samul Butler）有時也這麼古怪。

一人之筆調始終受其『文學情人』之渲染。他的思想方法及表現方法越久越像其『文學情人』。此為初學者創造筆調的唯一方法。日後一人發見自己之時，即發見自己的筆調。

一人如恨一本書之作者，則讀那本書必毫無所得。學校教師請記住這個事實！

人之性格一部分是先天的，其筆調亦然。其他部分只是污染之物而已。

人如無一個心愛之作家，則是迷失的靈魂。他依舊是一個未受胎的卵，一個未得花粉的雌蕊。一人的心愛作家或『文學情人』，就是其靈魂之花粉。

人人在世上皆有其心愛的作家，惟不用點工夫去尋耳。

一本書有如一幅人生的圖畫或都市的圖畫。有些讀者觀紐約或巴黎的圖畫，但永遠看不見紐約或巴黎。智者同時讀書本及人生。宇宙一大書本，人生一大學堂。

一個好的讀者將作家翻轉過來看，如乞丐翻轉衣服去找跳蚤那樣。

有些作家像乞丐的衣服滿是跳蚤，時常使讀者感到快樂的激動。發癢便是好事。

研究任何題目的最好方法，就是先抱一種不合意之態度。如是一人必不至被騙。他讀過一個不合意的作家之後，便較有準備去讀較合意的作家了。批評的心思就是這樣成形的。

作家對詞字本身始終本能地感到興趣。每一詞字皆有其生命及個性，此種生命及個性在普通字典中找不到，簡明牛津字典（「Concise Oxford Dictionary」）或袖珍牛津字典（「Pocket Oxford Dictionary」）之類不在此例。

一本好字典是可值一讀的，例如袖珍牛津字典。

世間有兩個文字之寶藏，一新一舊。舊寶藏在書本中，新寶藏在平民之語言中。第二流的藝術家將在舊寶藏中發掘，唯有第一流的藝術家才能由新寶藏中得到一些東西。舊寶藏的鑛石已經製煉過，新寶藏的礦石則否。

王充分文人為（一）『儒生』（能通一經）；（二）『通人』（博覽古今）；（三）『文人』（能作上書奏記）；（四）『鴻儒』（能精思著文連結篇章）。（一）與（二）相對，言讀書；（三）與（四）相對，言著作。『鴻儒』即所謂思想家；『文人』只能作上書奏記，完全是文字上、筆端上工夫而已。思想家必須覃思極慮，直接取材於人生，而以文字為表現其思想之工具而已。

『學者』作文時善抄書，抄得越多越是『學者』。思想家只抄自家肚裡文章，越是偉大的思想家，越靠自家肚裡的東西。

學者如烏鴉，吐出口中食物以飼小烏。思想家如蠶，所吐出的不是桑葉而是絲。

文人作文，如婦人育子，必先受精，懷胎十月，至肚中劇痛，忍無可忍，然後

出之。多讀有骨氣文章，有獨見議論，是受精也。時機未熟，擅自寫作，是瀉痢腹痛誤為分娩，投藥打胎，則胎死。出賣良心，寫違心話，是為人工打胎，胎亦死。及時動奇思妙想，胎活矣大矣，腹內物動矣，母心竊喜。至有許多話，必欲迸發而後快，是創造之時期到矣。發表之後，又自誦自喜，如母牛舐犢。故文章自己的好，老婆人家的好。

筆如鞋匠之大針，越用越銳利，結果如繡花針之尖利。但一人之思想越久越圓滿，如爬上較高之山峰看景物然。

當一作家恨某人，想寫文加以痛罵，但尚未知其人之好處時，他應該把筆放下來，因為他還沒有資格痛罵那個人也。

（丁）性靈派

三袁兄弟在十六世紀末葉建立了所謂『性靈派』或『公安派』（公安為袁氏的故鄉）；這學派就是一個自我表現的學派。『性』指一人之『個性』，『靈』指一人之『靈魂』或『精神』。

文章不過是一人個性之表現和精神之活動。所謂「divine afflatus」不過是此精神之潮流，事實上是腺分泌溢出血液外之結果。

書法家精神欠佳，則筆不隨心；古文大家精神不足，則文思枯竭。

昨夜睡酣夢甜，無人叫而自醒，精神便足。晨起啜茗或啜咖啡，閱報無逆耳新聞，徐步入書房，明窗淨幾，惠風和暢——是時也，作文佳，作畫佳，作詩佳，題跋佳，寫尺牘佳。

凡所謂個性，包括一人之體格、神經、理智、情感、學問、見解、經驗、閱歷、好惡、癖嗜，極其錯綜複雜。先天定其派別，或忌刻寡恩，或爽直仗義，或優柔寡斷，或多病多愁，雖父母師傅之教訓，不能易其骨子絲毫。又由後天之經歷學問，所見所聞，的確感動其靈知者，集於一身，化而為種種成見、怪癖、態度、信仰。其經歷來源不一，故意見好惡自相矛盾，或怕貓而不怕犬，或怕犬而不怕貓。故個性之心理學成為最複雜之心理學。

性靈派主張自抒胸臆，發揮己見，有真喜，有真惡，有奇嗜，有奇忌，悉數出之，即使瑕瑜並見，亦所不顧，即使為世俗所笑，亦所不顧，即使觸犯先哲，亦所不顧。

性靈派所喜文字，於全篇取其最個別之段，於全段取其最個別之句，於造句取其最個別之辭。於寫景寫情寫事，取其自己見到之景，自己心頭之情，自己領會之事。此自己見到之景，自己心頭之情，自己領會之事。信筆直書，便是文學，捨此皆非文學。

紅樓夢中林黛玉謂『如果有了奇句，連平仄虛實不對，卻使得的。』亦是性靈派也。

性靈派又因傾重實見，每每看不起辭藻虛飾，故其作文主清淡自然，主暢所欲言，不復計較字句之文野，即崇奉孟子『辭達而已』為正宗。

文學之美不外是辭達而已。

此派之流弊在文字上易流於俚俗（袁中郎），在思想上易流於怪妄（金聖嘆），譏諷先哲（李卓吾），而為正人君子所痛心疾首，然思想之進步終賴性零文人有此氣魄，抒發胸襟，為之別開生面也，否則陳陳相因，千篇一律，而一國思想陷於抄襲模倣停滯，而終至於死亡。

古來文學有聖賢而無我，故死；性靈文學有我而無聖賢，故生。

惟在真正性靈派文人，因不肯以議論之偏頗怪妄驚人。苟胸中確見如此，雖孔孟與我雷同，亦不故為趨避；苟胸中不以為然，千金不可易之，聖賢不可改之。

真正之文學不外是一種對宇宙及人人生之驚奇感覺。

宇宙之生滅甚奇，人情之變幻甚奇，文句之出沒甚奇，誠而取之，自成奇文，應所用於怪妄弔詭也。實則奇文一點不奇，特世人順口接屁者太多，稍稍不肯人云亦云而自抒己見者，乃不免被庸人驚詫而已。

性靈派之批評家愛作者的缺點。性靈派之作家反對模擬古今文人，亦反對文學之格套與定律。袁氏兄弟相信：『信腕信口，皆成律度。』又主張文學之要素為真。李笠翁相信文章之要在於韻趣。袁子才相信文章中無所謂筆法。黃山谷相信文章的詞句與形式偶然而生，如蟲在木頭上嚙成之洞孔。

（戊）閒適筆調

閒適筆調之作者以西文所謂『衣不扣鈕之心境』（unbuttoned mood）說話，瑕疵俱存，故自有其吸人之媚態。

作者與讀者之關係不應如莊嚴之塾師對其生徒，而應如親熟故交。如是文章始

能親切有味。

怕在文章中用『吾』字者，必不能成為好作家。

吾愛撒謊者甚於談真理者，愛輕率之撒謊者甚於慎重之撒謊者，因其輕率乃他喜愛讀者之表現也。

吾信任輕率之傻子而猜疑律師。

輕率之傻子乃國家最好之外交家。他能得民心。

吾理想中之好雜誌為半月刊，集健談好友幾人，半月一次，密室閒談。讀者聽其閒談兩小時，如與人一夕暢談，談後捲被而臥，明日起來，仍舊辦公抄賬，做校長出通告，自覺精神百倍，昨晚談話滋味猶在齒頰間。

世有大飯店，備人盛宴，亦有小酒樓，供人隨意小酌。吾輩只望與三數友人小酌，不願赴貴人盛宴，以其少拘牽故也，然吾輩或在小酒樓大啖大嚼，言笑自若，傾杯倒懷之樂，他人皆不識也。

世有富麗園府，亦有山中小築，雖或名為精舍，旨趣與朱門綠扉婢僕環列者固已大異。入其室，不聞忠犬唁唁之聲，不見司閽勢利之色，出其門，亦不看見不乾淨之石獅子。惟如儋漪子所云：『譬如周、程、張、朱輩拱揖列席於伏羲氏之門，忽有曼倩、子瞻，不衫不履，排闥而入，相與抵掌諧謔，門外漢或嘖嘖驚怪，而諸君子必相視莫逆也。」

（己）何謂美？

近來『作文講話』、『文章作法』之書頗多。原來文彩文理之為物，以奇變為貴，以得真為主，得真則奇變，奇變則文彩自生，猶如潭壑溪澗未嘗準以營造法尺，而極幽深峭拔之氣，遠勝於運糧河，文章豈可以作法示人哉！天有星象，天之文也；名山大川，地之文也；風吹雲變而錦霞生，霜降葉落而秋色變。夫以星球運轉，棊列錯布，豈為吾地上人之賞鑑，而天狗牛郎，皆於天意中得之。地層伸縮，翻山倒海，豈為吾五嶽之祭祀，而太華崑崙，澎湃而來，玉女仙童，聳然環立，供吾賞覽，亦天工之落筆成趣耳。以無心出岫之寒雲，遭嶺上狂風之叱吒，豈尚能為衣裳著想，留意世人顧盼？然鱗章鮫綃，如綿如織，蒼狗吼獅，龍翔鳳舞，卻有大好文章。以飽受炎涼之林樹，受凝霜白露之摧殘，正欲收拾英華，斂氣屏息，豈復有心粉黛為古道人照顏色？而淒淒肅肅，冷冷清清，竟亦勝摩詰南宮。

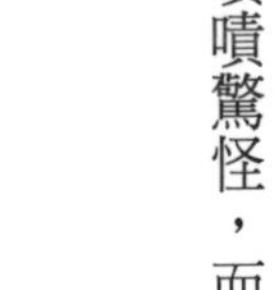

推而至於一切自然生物於皆有其文，皆有其美。枯藤美於右軍帖，懸岩美於猛龍碑，是以知物之文，物之性也，得盡其性，斯得其文以表之。故曰，文者內也，非外也。馬蹄便於捷走，虎爪便於搏擊，鶴脛便於涉水，熊掌便於履冰，彼馬虎熊鶴，豈能顧及肥瘦停勻，長短合度，特所以適其用而取其勢耳。然自吾觀之，馬蹄也，虎爪也，鶴脛也，熊掌也，或肉豐力沈，『顏』筋『柳』骨，或脈絡流利，清勁挺拔，或根節分明，反呈奇氣。他如象蹄如隸意，獅首有飛白，鬥蛇成奇草，遊龍作秦篆，牛足似八分，麑鹿如小楷，天下書法，粲然大備，奇矣奇矣。所謂得其用，取其勢，而體自至。作文亦如是耳。勢至必不可抑，勢不至必不可展，故其措辭取義，皆一片大自然，渾渾噩噩，而奇文奧理亦皆於無意中得之。蓋勢者動之美，非靜之美也。

故凡天下生物動者皆有其勢，皆有其美，皆有其氣，皆有其文。

22・散文

中國的古典文學中，優美之散文很少。這一個批評或許顯見得不甚公允而需要相當之說明。不錯，確有許多聲調鏗鏘的文章，作風高尚而具美藝的價值，也有不少散文詩式的散文，由他們的用字的聲調看來，顯然是可歌唱的。實實在在，正常的誦讀文章的方法，不論在學校或在家庭，確是在歌唱它們。這種誦讀文章的方法，在英文中找不到一個適當的字眼來形容它。這裡所謂唱，乃係逐行高聲朗讀，用一種有規律，誇張的發聲，不是依照每個字的特殊發音，卻是依照通篇融和的調子所估量的音節徐疾度，有些相像於基督教會主教之宣讀訓詞，不過遠較為拉長而已。

此種散文詩式的散文風格至五六世紀的駢儷文而大壞，此駢儷文的格調，直接自賦衍化而來，大體用於朝廷的頌讚，其不自然彷彿宮體詩，拙劣無殊俄羅斯舞

曲。駢儷文以四字句、六字句駢偶而交織，故稱為四六文，亦稱駢體。此種駢體文的寫作，只有用矯揉造作的字句，完全與當時現實的生活相脫離。無論是駢儷文、散文詩式的散文、賦，都不是優良的散文。它們的被稱為優良，只是當以不正確的文學標準評判的時候。所謂優良的散文，記者的意見乃係指一種散文具有甜暢的圍爐閒話的風緻，像大小說家笛福（Defoe）、司威夫特（Swift）或包司威爾（Boswell）的筆墨然者。那很易於明白，這樣的散文，必須用現行的活的語言，才能寫得出來，而不是矯揉造作的語言所能勝任。特殊優美的散文可從用白話寫的非古典文字的小說中見之。但我們現在先講古典文辭。

使用文言，雖以其特殊勁健之風格，不能寫成優美的散文。第一、好散文一定要能夠烘托現實生活的日常的事實，這一種工作，舊體的文言文是不配的。第二、好散文必須要具有容納充分發揮才能的篇幅與輪廓，而古典文學的傳統傾向於文字的絕端簡約。它專信仰簡鍊專注的筆法。好散文不應該太文雅，而古典派的散文之唯一目的，卻在乎文雅。好散文的進展必須用天然的大腳步跨過去，而古典派散文的行動扭扭捏捏有似纏足的女人，每一步的姿態都是造作的。好散文殆將需用一萬至三萬字以充分描寫一個主要人物，例如斯特拉契（Lytton Strachey）或布萊福特

（Gamaliel Bradford）的描寫筆墨。而中國的傳記文常徘徊於二百字至五百字的篇幅。好散文必不能有太平衡的結構，而駢體文卻是顯明地過分平衡的。

總之，好散文一定要條理通暢而娓娓動人，並有些擬人的。而中國的文學藝術包藏於含蓄的手法，掩蓋作者的真情而剝奪文章的性靈。我們大概將希望著侯朝宗細細膩膩的把他的情人李香君描寫一下：能給我們一篇至少長五千字的傳記。誰知他的李香君傳恰恰只有三百五十字。好像他在替隔壁人家的祖母老太太寫了一篇褒揚懿德的哀啟。緣於此種傳統，欲研究過去人物的生活資料將永遠摸索於三四百字的描寫之內，呈現一些極簡括素樸的事實大概。

實在的情形是文言文乃完全不適用於細論與傳記的，這就是一個為什麼寫小說必須乞靈於土語方言的理由。左傳為紀元前三世紀的作品，仍為記述戰爭文字的權威。司馬遷（紀元前一四〇——八〇）為中國散文之第一大師，他的著作與他當時的白話保持著密切接近的關係，甚至膽敢編入被後世譏為粗俗的字句，然他的筆墨仍能保留雄視千古的豪偉氣魄，斷非後代任何古典派文言文作者所能企及。王充（二七——一〇七）寫的散文也很好，因為他能夠想到什麼寫什麼，而且反對裝飾過甚的文體。可是從此以後，好散文幾成絕響。文言文所注重的簡潔精鍊的風格，

可拿陶淵明（三六五——四二七）的『五柳先生傳』來做代表，這篇文字，後人認為是他自己的寫照，通篇文字恰恰只一百二十五字，常被一般文人視為文學模範。

先生，不知何許人也，亦不詳其姓字。宅邊有五柳樹，因以為號焉。閒靜少言，不慕榮利；好讀書，不求甚解；每有會意，便欣然忘食，性嗜酒，家貧不能常得。親舊知其如此，或置酒而招之，造飲輒盡，期在必醉。既醉而退，曾不吝情去留。環堵蕭然，不蔽風日；短褐穿結，簞瓢屢空，晏如也。常著文章自娛，頗示己意，忘懷得失，以此自終。

這是一篇雅潔的散文，但是照我們的定義，它不是一篇好散文。同時，是一個獨一無二的證據，它的語言是死的。假定人們被迫只有讀讀如此體裁的文字，它的表白如此含糊，事實如此淺薄，敘述如此乏味——其對於我們智力的內容，將生何等影響呢？

這使人想到中國散文的智力內容之更重要的考慮。當你翻開任何文人的文集，使你起一種迷失於雜亂短文的荒漠，有茫然不知所措的感覺，它包括論述、記事、傳記、序跋、碑銘和一些最駁雜的簡短筆記，有歷史的，有文學的，也有神怪的。而這些文集，充滿了中國圖書館與書坊的桁架，真是汗牛充棟。這些文集的顯著特性為每個集子都包含十分之五的詩，是以每個文人都兼為詩人。所宜知者，有幾位作家另有長篇專著，故所謂文集，自始即具有什錦的性能。從另一方面考慮，此等短論、記事，包含著許多作家的文學精粹，它們被當作中國文學的代表作品。中國學童學習文言作文時，須選讀許多此等論說記事，作為文學範本。

作更進一步的考慮，這些文集要是代表文學傾向極盛的民族之各代學者的鉅量文字作品的主要部分，則使人覺得灰心而失望。我們或許用了太現代化的定則去批判它們，這定則根本與它們是陌生的。它們也存含有人類的素質，歡樂與悲愁，在此等作品的背景中，也常有人物，他的個人生活與社會環境為我們所欲知者。但既生存於現代，我們不得不用現代之定則以批判之。當我們讀歸有光之『先慈行狀』，此為當時第一流作家的作品，作者又為當時文學運動的領袖，我們不由想起這是一生勤勉學問的最高產物，而我們發現它只不過是純粹工匠式的擬古語言，表被於這樣的內容之上，其內容則為特性的缺乏事實的空虛，與情感之淺薄。我們的感到失望，是必然的。

中國古典文學中也有好的散文，但是你得用新的估量標準去搜尋它。或為思想與情感的自由活躍，或為體裁與風格之自由豪放，你要尋這樣的作品，得求之於一般略為非正統派的作者，帶一些左道旁門的色彩的。他們既富有充實的才力，勢不能不有輕視體裁骸殼的天然傾向。這樣的作者，隨意舉幾個為例，即蘇東坡、袁中郎、袁枚、李笠翁、龔定盦（自珍），他們都是智識的革命者，而他們的作品，往往受當時朝廷的苛評，或被禁止，或受貶斥。他們具有個性的作風和思想，為正統派學者目為過激思想而危及道德的。

23 · 詩

如謂中國詩之透入人生機構較西洋為深，洵非為過譽，亦不容視為供人娛悅的瑣屑物，這在西方社會是普通的。前面說過，中國文人，人人都是詩人，或為假冒詩人，而文人集子的十分之五都包含著詩。中國的科舉制度自唐代以降，即常以詩為主要考試科目之一。甚至做父母的欲將其多才愛女許配與人，或女兒本人的意志，常想揀選一位能寫一手好詩的乘龍快婿。階下囚常能重獲自由，或蒙破格禮遇，倘他有能力寫二三首詩呈給當權者。因為詩被視為最高的文學成就，亦為試驗一人文才的最有把握的簡捷方法。中國的繪畫亦與詩有密切的關係，繪畫的精神與技巧，倘非根本與詩相同，則至少是很接近的。

我覺得中國的詩已經代替了宗教的任務，因為宗教的意義為人類性靈的發抒，為宇宙的微妙與美的感覺，為對於人類與生物的仁愛與悲憫。宗教無非是一種靈感，或活躍的情愫。中國人在他們的宗教裡頭未曾尋獲此靈感或活躍的情愫，宗教對於他們不過為裝飾點綴物，用以遮蓋人生之裡面者，大體上率與疾病死亡發生密切關係而已。可是中國人卻在詩裡頭尋獲了這靈感與活躍的情愫。

詩又曾教導中國人以一種人生觀，這人生觀經由俗諺和詩集的影響力，已深深滲透一般社會而給予他們一種慈悲的意識，一種豐富的愛好自然和藝術家風度的忍受人生。經由它的對自然之感覺，常能醫療一些心靈上的創痕，復經由它的享樂簡單生活的教訓，它替中國文化保持了聖潔的理想。有時它引發了浪漫主義的情緒而給予人們終日勞苦無味的世界以一種寬慰，有時它迎合著悲愁、消極、抑制的情感，用反映憂鬱的藝術手腕以澄清心境。

它教訓人們愉悅地靜聽雨打芭蕉，輕快地欣賞茅舍炊煙與晚雲相接而籠罩山腰，留戀村徑，閒覽蔦蘿百合，靜聽杜鵑啼，令遊子思母。它給予人們以一種易動憐惜的情感，對於採茶摘桑的姑娘們，對於被遺棄的愛人，對於親子隨軍遠征的母親，和對於戰禍蹂躪的劫後災黎。

總之，它教導中國人一種汎神論與自然相融合；春則清醒而怡悅；夏則小睡而聽蟬聲喈喈，似覺光陰之飛馳而過若可見者然；秋則睹落葉而興悲；冬則踏雪尋詩。在這樣的意境中，詩很可稱為中國人的宗教。吾幾將不信，中國人倘沒有他們的詩——生活習慣的詩和文字的詩一樣——還能生存迄於今日否？

然倘令沒有特殊適合於詩的發展的條件，則中國的詩不致在人民生活上造成這樣重要的地位。第一、中國人的藝術和文學天才，係設想於情感的具體的描寫而尤卓越於環境景象的渲染，此乃特別適宜於詩的寫作。中國人寫作天才的特性，長於簡約、暗示、聯想、凝鍊和專注，這是不配散文的寫作，在古典文學限度以內為尤然，而卻是使詩的寫作更自然流利。倘如羅素（Bertrand Russell）所說：『在藝術，他們志於精緻；在生活，他們志於情理。』那麼中國人自然將卓越於詩。中國的詩，以雅潔勝，從不冗長，也從無十分豪放的魄力。但它優越地適宜於產生寶石樣的情趣，又適宜用簡單的筆法，描繪出神妙的情景，氣韻生動，神雋明達。

中國思想的樞要，似也在鼓勵詩的寫作，它認為詩是文藝中至高無上的冠冕。中國教育重在培育萬能的人才，而中國學術重在知識之調和。十分專門的科學，像考古學，是極少的，而就是中國的考古學家，也還是很通達人情，他們還能照顧家務，弄弄庭前的花草。詩恰巧是這樣型式的創作，它需要普通的綜合的才能，易言之，它需要人類全般的觀念人生。凡失於分析者，輒成就於綜合。

還有一個重要理由，詩完全是思想染上情感的色彩，而中國人常以情感來思考，鮮用分析的理論的。中國之把肚皮視作包藏一切學問知識之所在，如非偶然，蓋可見之於下述常用語中，如『滿腹文章』或『滿腹經綸』。

現在西洋心理學家已證明人的腹部為蓄藏情感的地方，因為沒有人的思惟能完全脫離情感。著者很相信我們的思考，用肚皮一如用頭腦，思考的範型愈富於情感，則內臟所負思想責任愈多。鄧肯女士（Isadora Duncan）說：『女子的思想係起自下腹部，沿內臟而上昇；男子的的思慮則起自頭腦下降。』這樣的說法，真是說的中國人，很對。這確證明著者的中國人思想之女性型的學理。又如我們用英語說，當一個人作文時竭力搜求意思之際，叫做『搜索腦筋』以求文思，中國話叫做『搜索枯腸』。詩人蘇東坡曾有一次飯後，問他的三位愛妾：我腹中何所有？那最黠慧的一位叫做朝雲的卻回答說他是滿腹不識時宜的思想。中國人之所以能寫好詩，就因為他們用肚腸來思想。

此外，則中國人的語言與詩亦有關係。詩宜於活潑清明而中國語言則活潑清明。詩宜於含蓄暗示，而中國語言全是簡約的語言，它所說的意義常超過於字面上的意義。詩的表白意思宜於具體的描寫，而中國語言固常耽溺於『字面的描摹』。

最後，中國語言以其清楚之音節而缺乏尾聲的子音，具有一種明朗可唱的美質，非任何無音調的語言所可匹敵。中國詩是奠基於他的音調價值的平衡上，而英文詩則基於重音的音節。中國文字分平上去入四聲，四聲復歸為二組，其一為軟音（平聲）音調拖長，發聲原則上為平衡的，實際則為高低音發聲的。第二組為硬音（仄聲），包括上去入三種發聲，最後之入聲以P. T. K, 音殿者，在現行國語中已經消失。中國人的耳朵，被訓練成長於辨別平仄之韻律與變換的。此聲調的韻節雖在散文佳作中亦可見之，不啻說明中國的散文，實際上亦是可唱的。因為任何具完備耳朵的人，總能容易的在羅斯金（Ruskin）或華爾德・佩特（Walter Pater）的散文中體會出聲調與韻節的。

在盛唐詩中，平仄音節的變換是相當複雜的，例如下面的正規格式：

一、平平仄仄仄平平（韻）　二、仄仄平平仄仄平（韻）

三、仄仄平平平仄仄　　　　四、平平仄仄仄平平（韻）

五、平平仄仄平平仄　　　　六、仄仄平平仄仄平（韻）

七、仄仄平平平仄仄　　　　八、平平仄仄仄平平（韻）

每一句的第四音以下有一頓挫，每二句自成一聯，中間的二聯必須完全對偶，

就是每句的字必須與另一句同地位的字在聲韻與字義方面，都得互相均衡。最容易的方法欲瞭解此協調的意義，即為想像二個對話者對讀，每人更迭的各讀一句。把每句首四字與後面三字各成一小組，而用二個英文字代入，一字代表一組，則其結果可成為如下一個輪廓的款式：

(A) ah, Yes?	(B) but, no?
(A) but, Yes!	(B) ah, no!
(A) ah, Yes?	(B) but, no?
(A) but, Yes!	(B) ah, no!

注意第二個對話者常想對抗第一個，而第一個在第一組中常連續第二個語氣的線索。但在第二組中，則變換起來。感嘆符號與詢問符號乃表示有二種語氣不同的『是』與『否』。注意除了第一聯的第二組，其他各組在聲調方面都是對偶的。

但是我們對於中國詩的內在的技術與精神，所感興趣甚於韻節的排列式。用了什麼內在的技巧，才能使它臻於如此神妙的境界？它怎樣用寥寥數字在平庸的景色上，撒佈迷人的面幕，描繪出一幅實景的圖畫，益以詩人的靈感？詩人怎樣選擇並整理其材料，又怎樣用他自己的心靈報導出來而使它充溢著韻律的活氣？中國的詩與中國的繪畫何以為一而二，二而一？更為什麼中國的畫家即詩人，詩人即畫家？

中國詩之令人驚嘆之處，為其塑形的擬想並其與繪畫在技巧上的同系關係，這在遠近配景的繪畫筆法上尤為明顯。這裡中國詩與繪畫的雷同，幾已無可駁議。且讓我們先從配景法說起，試讀李白（七〇一——七六二）的詩，便可見之：

山從人面起，
雲傍馬頭生。

這麼二句，不啻是一幅繪畫，呈現於我們的面前，它是一幅何等雄勁的輪廓畫，畫著一個遠遊的大漢，跨著一匹馬，疾進於高聳的山徑中。它的字面，是簡短卻又犀利，驟視之似無甚意義，倘加以片刻之沈思，可以覺察它給予我們一幅圖畫，恰如畫家所欲描繪於畫幅者。更隱藏一種寫景的妙法，利用幾種前景中的實物（人面和馬頭）以抵消遠景的描寫。假若離開詩意，謂一個人在山中登得如此之高，人當能想出這景色由詩人看來，只當它繪在一幅平面上的圖畫。讀者於是將明瞭，一似他果真看一幅圖畫或一張風景照，山頂真好像從人面上升，而雲氣積聚遠處，形成一線，卻為馬首所沖破。這很明顯，倘詩人不坐於馬上，而雲不臥於遠處較低的平面就寫不出來。充其極，讀者得自行想像他自己跨於馬背上而邁行於山徑

之中，並從詩人所處的同一地點，以同一印象觀看四面的景色。

用這樣的寫法，確實係引用寫景的妙法，此等『文字的繪畫』顯出一浮雕之輪廓，迥非別種任何手法所可奏效。這不能說中國詩人自己觀察此種技術之學理，但無論如何，他們確已發現了這技巧本身。這樣的範例，可舉者數以百計。王維（六九九——七五九）是中國最偉大的一位寫景詩人，便用這方法寫著：

山中一夜雨，
樹梢百重泉。

當然，設想樹梢的重泉，需要相當費一下力。但適因這樣的寫景法是那麼稀少，而且只能當高山狹谷，經過隔宵一夜的下雨，在遠處形成一連串小瀑布，顯現於前景的幾枝樹的外廓時，讀者才能獲得此配景的印象，否則不可能。恰如前面所舉李白的例句，其技巧係賴在前景中選擇一實物以抵消遠處的景物，像雲、瀑布、山頂、和銀河，乃聚而圖繪之於一平面。劉禹錫（七七二——八四二）這樣寫著：

清光門外一渠水，
秋色牆頭數點山。

這種描寫技巧是完美的：隔牆頭而望山巔，確乎有似數點探出於牆頭上的上面，給人以一種從遠處望山的突立實體的印象。在這種意識中，我們乃能明瞭李笠翁當他在一部戲曲裡這樣寫：

已觀山上畫，
更看畫中山。

詩人的目光，即為畫家的目光，而繪畫與詩乃合而為一。

繪畫與詩之密切關係，當我們不僅考慮其技巧之相同性，且考慮及他們的題材時，更覺自然而明顯，而實際上一幅繪畫的題旨，往往即為採自詩之一節一句。又似畫家繪事既竟，往往在畫幅頂部空隙處題一首詩上去，也足為中國畫的另一特色。但這樣的密切關保，引起中國詩的另一特點，即其印象主義傾向的技巧。這是一種微妙的技巧，它給予人以一連串印象，活躍而深刻，留縈著一種餘韻，一種不確定的感覺，它提醒了讀者的意識，但不足以充分使讀者悟解。中國詩之凝鍊暗示的藝術，和藝術的含蓄乃臻於完美圓熟之境的。詩人不欲儘量言所欲言，他的工作卻是用敏捷，簡括而清楚的幾筆，呼出一幅圖書來。

於是興起一種田園詩派，一時很為發達。它的特長是善於寫景和使用印象派的表現法。田園詩派的大師為陶淵明、（三七五——四二七）、謝靈運（三八五——

四三三）、王維（六九九——七五九）和韋應物（七四〇——八三〇）。不過作詩技巧在大體上跟別派詩人是融和的。王維（摩詰）的技巧據說是詩中有畫，畫中有詩，因為他同時又是大畫家。他的『輞川集』所收的殆全是一些田園的寫景詩。一首像下面的詩，只有深體中國繪畫神髓者，才能寫得出：

颯颯秋雨中，淺淺石流瀉。

跳波自相濺，白鷺驚復下。（欒家瀨）

這裡我們又逢到暗示問題。有幾位現代西洋畫家曾努力嘗試一種不可實現的嘗試工作，他們想繪畫出日光上樓時的音響。但這種藝術表現的被限制問題卻給中國畫家部分的解決了，他們用聯想表現的方法，這方法實在是脫胎於詩的藝術的。一個人真可以描繪出音響和香氣來，只要用聯想表現的方法。中國畫家會畫出寺院敲鐘的聲浪，在畫面上根本沒有鐘的形象，卻僅僅在深林中露出寺院屋頂的一角，而鐘可能地表現於人的面部上。有趣的是中國詩人的手法，在以聯想的暗示一種嗅覺，實即為畫面上的筆法。如是，一個中國詩人形容曠野的香氣，他將這樣寫：

踏花歸去馬蹄香。

倘把這句詩用作畫題，則沒有別的表現香氣方法比畫一群蝴蝶迴翔於馬蹄之後更容易顯出，這樣的畫法，足證中國畫之與詩的相通，而宋時固曾有這樣一幅名畫。用此同樣聯想表現的技巧，詩人劉禹錫描寫一位宮女的芳香：

新妝宜面下朱樓，深鎖春光一夜愁。
行到中庭數花朵，蜻蜓飛上玉搔頭。

這寥寥數行，同時雙關的提示給讀者玉簪的香美與宮女本身的香美。美和香誘惑了蜻蜓。

從這樣的印象派聯想的表現技巧，又發展一種表現思想與情感的方法，這吾人稱為象徵的思考。詩人之烘托思想，非用冗長的文句，卻喚起一種共鳴的情緒，使讀者接受詩人的思想。這樣的意思，不可名狀，而其詩景之呈現於讀者則又清楚而活躍。因是用以引起某種意想，一似某幾種弦樂在西洋歌劇中常用以提示某種角色之入場。邏輯地講，物景與人的內心思想當無多大連繫關係。但是象徵的與情感的方面，二者確實有連繫關係。這作法叫做『興』，即喚起作用，在古代之詩經中即用之。例如在唐詩中，勝朝遺跡，亦用象徵的方法，千變萬化的歌詠著，卻不說出作者思想的本身。如是，韋莊的歌詠金陵過去的繁華，有一首『金陵圖』，你看他怎樣寫法：

江雨霏霏江草齊，六朝如夢鳥空啼。
無情最是臺城柳，依舊煙籠十里堤。

延袤十里的柳堤，已夠引起他的同時人的回憶，那過去的陳後主盛時的繁華景象，如重現於目前，而其『無情最是臺城柳』一句，烘托出人世間的浮沈變遷，與自然界的寧靜的對比。用此同樣技巧，元稹描摹其對於唐明皇、楊貴妃過去的繁榮的悲鬱，卻僅寫出白髮老宮女在殘宮頹址邊的閒談，當然不寫出其對話的詳情的。

寥落古行宮，宮花寂寞紅。
白頭宮女在，閒坐說玄宗。

劉禹錫的描述『烏衣巷』殘頹底慘愁景象，也用同樣的筆法。烏衣巷蓋曾為六朝貴顯王、謝家邸的所在。

朱雀橋邊野草花，烏衣巷口夕陽斜。
舊時王謝堂前燕，飛入尋常百姓家！

最後而最重要的一點，為賦予自然景物以擬人的動作、品性、和情感，並不直接用擬人化的方法，卻用巧妙的隱喻法，如『閒花』、『悲風』、『怒雀』，諸如此類。隱喻本身並無多大意義：詩，包含於詩人的分佈其情感於此景物，而用詩人自己的情感之力，迫使之生動而與自己共分憂樂。這在上面的例子中可以看得很清楚。那首詩中，那蜿蜒十里長的煙籠著的楊柳，被稱為『無情』，因為它們未能記憶著實在應該記憶的陳後主，因而分受了詩人的痛切的傷感。

有一次，著者跟一位能詩友人旅行，我們的長途汽車行過一個僻靜的小山腳，悄悄兀立著一座茅舍，門戶全都掩著，一枝孤寂的桃樹，帶著盛放的滿樹花朵，呆呆地立在前面。這樣的鮮花，處於這樣的環境，分明枉廢了它的芳香。於是我友人在日記簿上題了一首詩，我還記得他的絕句中的兩句：

耜影連翩下紫陌，桃花悱惻倚柴扉。

它的妙處是在替桃花設想的一種詩意的感想，假想它是有感覺的，甚至有『慘愁欲絕』之概，這感想已鄰近於汎神論。同樣的技巧——不如說態度——在一切中國佳構詩句中所在都有。即似李白在他的大作裡頭有過這樣兩句：

暮從碧山下，山月隨人歸。

又似他的那首膾炙人口的名作『月下獨酌』便是這樣寫法：

花間一壺酒，獨酌無相親。
舉杯邀明月，對影成三人。

月既不解飲，影徒隨我身。
暫伴月將影，行樂須及春。
我歌月徘徊，我舞影零亂。
醒時同交歡，醉後各分散。
永結無情遊，相期邈雲漢！

這樣的寫法，已比較暗譬更進一步，它是一種詩意的與自然合調的信仰，這使生命隨著人類情感的波動而波動。

此種汎神論的或引自然為同類的感想語法，以杜甫的『漫興』一詩，所見尤為明顯。它表現接續的將自然物體人格化，用一種慈悲的深情，憫憐它的不幸，一種純清的愉悅與之接觸，最後完全與之融合。此詩之首四句為：

眼看客愁愁不醒，無賴春色到江亭。
即遣花開深造次，便覺鶯語太丁甯。

這些字面像『無賴』、『丁甯』、『鶯語』，間接地賦予春及鶯鳥以人的品格。接著又提出對於昨夜暴風的抱怨，蓋欺凌了他的庭前的桃李：

手種桃李非無主，野老牆低還似家。

恰似春風相欺得，夜來吹折數枝花。

此對於花木的慈惠的深情又反複申述於末四句：

隔戶楊柳弱嫋嫋，恰如十五女兒腰。
誰謂朝來不作意？狂風折斷最長條。

又來一次，楊柳柔美地飄舞於風中，指為顛狂；而桃花不經意地飄浮水面，乃被比於輕薄的女兒。這就是第五節的四句：

腸斷江春欲盡頭，杖藜徐步立芳洲。
顛狂柳絮隨風去，輕薄桃花逐水流。

這種汎神論的眼界有時消失於純情的愉快情感中，當在與蟲類小生物接觸的時候，似見之於上面杜詩的第三節第四句者。但是我們又可以從宋詩中找出一個例子來，這是葉李的一首暮春即事：

雙雙瓦雀行書案，點點楊花入硯池。
閒坐小窗讀周易，不知春去幾多時。

此種眼界的主觀性，輔以慈愛鳥獸的無限深情，才使杜甫寫得出『沙頭宿鷺聯拳靜，船尾跳魚撥刺鳴。』那樣活現當時情景的句子。此地我們認識了中國詩的最

有趣的一點——內心的感應。用一個拳字來代替白鷺的爪，乃不僅為文學的暗譬，因為詩人已把自己與他們同化，他或許自身感覺到握拳的感覺，很願意讀者也跟他一同分有此內在的情感。這兒我們看不到條分縷析的精細態度，卻只是詩人的明敏的感覺，乃出於真性情，其感覺之敏慧犀利一似『愛人的眼』，切實而正確；一似母親之直覺。此與宇宙共有人類感情的理想，此無生景物之詩的轉化，使薜苔能攀登階石，草色能走入窗簾。此詩的幻覺因其為幻覺，卻映入人的思惟如是直覺而固定。它好像構成了中國詩的基本本質。比論不復為比論，在詩中化為真實，不過這是詩意的真實。一個人寫出下面幾句詠蓮花詩，總得多少將自己的性情溶化於自然——使人想起海涅（Heine）的詩。

水清蓮媚兩相向，鏡裡見愁愁更紅。
秋羅拂水碎光動，露重花多香不銷。

取作詩筆法的兩面，即它的對於景與情的處理而熟參之，使我們明瞭中國詩的精神，和它的對於民族國家的教化價值。此教化價值是二重的，相當於中國詩的二大分類：其一為豪放詩，即為浪漫的、放縱的，無憂無慮，放任於情感的生活，對社會的束縛吶喊出反抗的呼聲，而宣揚普愛自然的精神的詩。其二為文學詩，即為遵守藝術條件，慈祥退讓，憂鬱而不怨，教導人以知足愛群，尤悲憫那些貧苦被壓迫的階級，更傳播一種非戰思想的詩。

在第一類中，可以包括屈原（紀元前三四三——二九〇）、田園詩人陶淵明、謝靈運、王維、孟浩然（六八九——七四〇）和瘋僧寒山（約當九〇〇年前後）。至相近於杜甫的文學詩人的為杜牧（八〇三——八五二）、白居易、元稹（七七九——八三一）和中國第一女詩人李清照（一〇八一——一一四一）。嚴格的分類當然是不可能的，而且也還有第三類的熱情詩人像李賀（李長吉七九〇——八一六）李商隱（八一三——八五八）和溫庭筠（約與李商隱同時代），陳後主（五五三——六〇四）和納蘭性德（清代旗人，一六五五——一六八五）都是以熱愛的抒情詩著稱的。

第一類豪放詩人，莫如以李白為代表，他的性格，杜甫有一首詩寫著：

李白斗酒詩百篇，長安市上酒家眠。
天子呼來不上船，自稱臣是酒中仙。

李白是中國浪漫詩壇的盟主，他的酣歌縱酒，他的無心仕官，他的與月為伴，他的肆愛山水，和他的不可一世的氣概：

手中電曳倚天劍，

直斬長鯨海水開。

無一處不表現其為典型的浪漫人物。而他的死也死得浪漫，有一次他在船上喝醉了酒，伸手去撈水中的月影，站不住一個翻身，結束了一生。這樣的死法，才是再好沒有的死法。誰想得到沈著寡情的中國人，有時也會向水中撈月影，而死了這麼一個富於詩意的死！

中國人具有特殊愛好自然的性情，賦予詩以繼續不斷的生命。這種情緒充溢於心靈而流露於文學。它教導中國人愛悅花鳥，此種情緒比其他民族的一般民眾都來得普遍流行。著者嘗有一次親睹一群下流社會的夥伴，正要動手打架，因為看見了關在樊籠中的一頭可憐的小鳥，深受了刺激，使他們復歸於和悅，發現了天良，使他們感覺到自身的放浪不檢而無責任的感覺，因而分散了他們的敵對的心理，這性情只有當雙方遇見了共同愛悅的對象時始能引起。

崇拜田園生活的心理，也渲染著中國整個文化，至今官僚學者講到『歸田』生活，頗有表示最風雅、最美悅、最熟悉世故生活志趣之意。它的流行勢力真不可輕侮，就是政治舞臺上最窮兇極惡的惡棍，亦往往佯示其性情上具有若干李白型的浪漫風雅的本質。實際據管見所及，就是此輩敗類也未始不會真有此等感覺，因為到底他也是中國人。蓋中國人者，他知道人生的寶貴。而每當中夜隔窗閒眺天際星光，髫齡時代所熟讀了的一首小詩，往往浮現於他的腦際：

終日昏昏醉夢間，忽聞春盡強登山。
因過竹院逢僧話，又得浮生半日閒。

對於這樣的人，這首詩是一種祈禱。

第二類詩人，莫如以杜甫為代表，用他的悄靜寬拓的性情，他的謹飭，他的對於貧苦被壓迫者的悲憫、慈愛、同情，和他的隨時隨地的厭戰思想的流露，完成其完全不同於浪漫詩人的另一典型。

中國也還有詩人像杜甫、白居易輩，他們用藝術的美描畫出我們的憂鬱，在我們的血胤中傳殖一種人類同情的意識。杜甫生當大混亂的時代，充滿著政治的荒敗景象，土匪橫行，兵燹饑饉相繼，真像我們今日，是以他感慨地寫：

朱門酒肉臭，道有餓死骨。

同樣的悲憫，又可見之於謝枋得（宋人）的『蠶婦吟』：

子規啼徹四更時，起視蠶稠怕葉稀。

不信樓頭楊柳月，玉人歌舞未曾歸。

注意中國詩的特殊的結束法，它在詩句上不將社會思想引歸題旨，而用寫景的方法留無窮之韻味。就似這首詩，在當時看來，已覺其含有過分的改革氣味了。通常的調子乃為一種悲鬱而容忍的調子，似許多杜甫的詩，描寫戰爭的慘酷後果，便是這種調子，可舉一首『石壕吏』以示一斑：

暮投石壕村，有吏夜捉人。老翁踰牆走，老婦出門看。
吏呼一何怒！婦啼一何苦！聽婦前致詞：三男鄴城戍。
一男附書至，二男新戰死。存者且偷生，死者長已矣！
室中更無人，惟有乳下孫。有孫母未去，出入無完裙。
老嫗力雖衰，請從吏夜歸。急應河陽役，猶得備晨炊。
夜久語聲絕，如聞泣幽咽。天明登前途，獨與老翁別。

這就是中國詩中容忍的藝術和憂鬱感覺的特性。它所描繪出的一幅圖畫，表現一種傷感，而留給其餘的一切於讀者，讓讀者自己去體會。

24．戲劇

戲劇文學之在中國，介乎正統文學與比較接近於西洋意識的所謂意象的文學二者之間，佔著一個低微的地位。後首所謂接近西洋意識的意象文學包括戲劇與小說，這二者都是用白話或方言來寫的，因是受正統派文學標準的束縛最輕微，故能獲得自由活潑的優越性，而不斷地生長發育。因為中國的戲劇作品恰巧大部分是詩，因能被認為文學，而其地位得以較高於小說，幾可與唐代的短歌相提並論。以學者身分而寫戲曲，似比之寫小說覺得冠冕一些，不致怯生生怕人知道。總之，戲曲的作者不致掩匿其原來的姓名，亦不致成為批評家的眾矢之的若寫小說者然。

下面我們講述此意象文學的主要部分何以能不斷生長發育其美的技巧，而漸臻於重要地位，以至恃其本身的真價值，強有力地獲取現代之承認，並施展其影響力於一般人民，正統文學蓋從未能收此同樣偉大的成效。

中國戲劇之間雜的特性，乃為其特殊作法與偉大的普遍影響力之根源。中國戲劇為白話方言和詩歌的組合；語體文字為一般普通民眾所容易瞭解者，而詩歌可以謳唱，且常富於高尚的詩情的美質。它的本質是以大異於傳統的英國戲劇。歌詞插入於短距離間隔，其地位的重要超過於說白。自然，喜劇多用對話，而悲劇及人世間悲歡離合的戀愛劇則多發為詩歌。實實在在，在中國，一般上戲院子的人們，其心理上還是為了聽戲的目的大，而看戲劇的表演次之。北方人都說去聽戲，不說去看戲，是以把中國文字中這個『戲』字，譯作英語「drama」一字，意義未免錯誤，正確一些的說，不如譯作『中國的歌劇』Chinese Opera 來得妥當。

先明瞭了中國的所謂戲，乃為一種歌劇的形式，然後它的所以能迎合一般民眾心理和其戲劇文學之特殊性才能真正被瞭解。因為戲劇之用——尤其是現代英國戲劇——大部分是激發人類悟性的共鳴作用，而歌劇則為運用聲色環境與情感的連合作用。戲劇之表演手段賴乎對白，而歌劇之手段賴乎音樂與歌唱。上戲院子的人們，他們的臨觀一戲劇，巴望領會一件故事，這故事足以使他喜悅，由於劇中人物的錯綜複雜的關係和表演的新奇而引人入勝。而一個去看歌劇的人，乃準備花費這一個晚上的工夫，其間他的理智接受麻痺樣的享受，他的感覺接受音樂色彩歌唱底媚惑。

這就是使得戲劇的表演，大多數不值得第二遭複看，而人們觀看同一歌劇重複至十四五次之多，仍覺其精采不減。這可以說明中國戲院子的內容。中國之所謂京戲，其常現的普通戲目不過百餘齣，常反覆上演，演之又演，總不致失卻其號召力。而每當京調唱至好處，觀眾輒復一致拍掌，采聲雷動，蓋此種京調，富於微妙的音樂趣味。音樂是以為中國戲劇之靈魂，而演劇僅不過為歌唱的輔助物。本質上滯留於與歐美歌伎同等水平線之地位。

中國觀劇的人是以在兩種範疇下讚美伶人，在他的『唱』和他的『做』。但是這所謂『做』，常常是純粹機械式的而包含某種傳統的表演方法──歐美戲劇裡頭在東方人看來認為是怪狀的，為故意的增高貴婦人式的乳峰，使之作刺眼的突出。而在東方戲劇裡頭，使歐美人看了發笑的是用袖揩拭無淚的眼眶。倘使演劇的伶人，其體態美麗可愛，歌喉清越悅耳，則此小有才的演技已夠使觀眾感到滿足了。要是演來真正精采的話，則每一個身段，每一種姿態都能使人起一種美感，而每一個模樣兒，都可說是出色的畫面。依乎此理，梅蘭芳之所以深受美國人士的熱烈歡迎，根本上是對的，雖說他的歌唱，究有若干值得被讚美的藝術價值，猶成問題。

人們驚慕他的美麗的模樣兒，他的玉蔥樣的雪白的指尖兒，他的頎長而烏黑的眉毛，他的女性型的婀娜的步態，他的賣弄風情的眼波，和他全部偽飾女性美的裝束——這些條件就是迎合全國無數戲迷心理的骨子。當這樣的演技出自如此一位偉大的藝術家，他的迎合觀眾心理是混同全世界的，是超國界的，因為他用姿態來表白了語言。姿態是國際性的，一似音樂蹈的無國界分別。至以現代意識來論戲劇演技，則梅蘭芳怕還需要跟瑙瑪希拉（Norma Shearer）、羅斯卻脫登（Ruth Chatterton）學學初步演劇術才是。當他揑了馬鞭而裝作上馬的姿勢，或當他擺著划槳裝搖船的模樣，那他的演技恰恰跟著一個五歲小女兒所做的不相上下，我的女兒的騎馬法則用竹竿夾於兩腿之間而拖曳之也。

倘我們研究元劇及其以後的戲曲，我們將發現其結構常如西洋歌劇一般，總不脫淺薄脆弱之特性，對話不被重視而歌曲成為劇的中心。實際表演時又常選其中最盛行，最精采的幾段歌劇，而不演全部戲劇。恰如西洋音樂會中的歌劇選唱。觀眾對於所看的戲劇，其情節大率都先已很熟悉於胸中，而劇中的角色，則由其傳統規定的臉譜和服裝而辨識，不在乎對話之內容而表明。初期的元劇見之於現存的大名劇家作品者，全劇都包括四折，很少有例外者。每折中的歌曲是依照著名的大套樂曲，採取其中一調，然後依其聲調拍子譜成歌辭，對話不居重要位置，許多古本戲曲中，對話且多被節刪，這是大概因為對話部分，大多係臺上表演時臨時說出的。

在所謂「北曲」中，每一折中的曲辭，乃自始至終由一個人單獨歌唱，雖有許多角色在劇中表演和講對話，但不擔任歌唱的任務——大概因為歌唱人材的缺乏。南曲中則演劇技術上的限制不若北曲之嚴，故具有較大之自由伸縮性。南曲係由北曲繁衍而來，全劇不限四齣，故為較長之劇本，這種南曲盛於明代，稱為傳奇。（一齣劇情之長度，約等於英國戲劇的一幕。）北曲每折一調一韻到底，傳奇則一齣不限一調，且可換韻，故其腔調抑揚有致，不同於北曲。（一折即一齣）

北曲可以『西廂記』、『漢宮秋』（描寫昭君出塞和番故事）為代表作，南曲可以『拜月亭』、『琵琶記』為代表作。西廂記全劇雖為二十齣，然依其進行順序的性質而區分之，可分為五本，每本仍為四齣。

中國歌劇與西洋歌劇，二者有一重要不同之點。在歐美，歌劇為上流人士的專利品，此輩上流人士之上歌劇院，大多為社交上之吸引力，非真有欣賞音樂之誠心；至於中國歌劇則為貧苦階級的知識食糧，戲曲之深入人心，比之其他任何文學與藝術為深刻。試想一個民族，他的群眾而熟習唐豪瑟（Tannhauser）、屈利斯坦

與依莎爾德（Tristan and Isolde）和萍奈福（Pinafore）的歌曲，還能優遊風趣地謳歌哼唱於市井街頭，或當其失意之際，也來唱它幾句，洩洩鳥氣，那你就獲得中國戲曲與中國人民所具何等關係之印象。中國有種嗜好戲劇成癖的看客，叫做『戲迷』，這是中國所特有的人物，其性質非歐美所知。你往往可以看見下流社會的戲迷，頭髮蓬鬆，衣衫襤褸，卻大唱其『空城計』。在古老的北京城市街中，且常有擺手作勢，大演其諸葛亮之工架者。

外國人之觀光中國戲院者，常吃不消鑼鼓的嘈雜囂噪聲浪，每當武戲上場，簡直要使他大吃一驚。與鑼鼓聲同樣刺激神經的為男伶強作高音的尖銳聲，而中國人顯然非此不樂。大體上這情形應歸因於中國人的神經本質，無異於美國人的欣賞薩克士風（Saxophone）及爵士音樂。這些可使任何一位中國大爺攪得頭痛。真是無獨有偶！一切的一切不過是順應環境的問題。中國戲院子裡頭鑼鼓的起源，和矯飾尖銳聲之創始，只有明白了中國劇場的環境以後，才能理會得。

中國劇場的流行的式樣，大多用木板布篷架搭於曠場之上，形如依利沙伯時代的戲院。大概情形，舞臺係用臨時木架搭成，臺面離地甚高，而又露天，有時則適搭於大道上面，蓋演唱完畢，便於拆卸。劇場既屬露天，伶人的聲浪得與闤場小販的嘈雜叫賣聲競爭——賣飴糖的小鑼聲，理髮匠軋刀聲，男女小孩的呼喊號叫聲，以至犬的叫吠聲。處乎這樣喧譁鬨鬧聲上面，只有逼緊聲帶，提高喉嚨，才能勉強傳達其歌唱聲於觀眾。

這樣情形，人人都可以去實地體驗。鑼鼓的作用，也在於以吸引注意力，它們都是演劇前先行敲擊，所謂鬧場，其聲浪可遠傳之一哩以外，這就代替了影戲廣告之街頭招貼。但既已有了現代化的戲院建築，還須沿用此等聲音，未免可怪。不過中國人好像已習慣於此，好像美國人的習熟於爵士音樂。時代將抹去這些殘跡，中國的戲劇最後總會靜雅而文明化起來，只要把劇院建築現代化。

從純粹的文學觀點上觀察，中國的戲曲，包括一種詩的型式，其勢力與美質遠超於唐代的詩，著者深信：唐詩無論怎樣可愛，我們還得從戲曲與小調中尋找最偉大的詩。因為正統派的詩，其思想格調總擺脫不了傳統的固定範型。它具有修養的精美技巧，但缺乏豪邁的魄力與富麗的情調。一個人先讀了正統派詩然後再讀戲曲中的歌辭（中國戲曲，前面已經指出，可認為詩歌的集合。）他所得到的感覺，恰如先看了插在花瓶中的美麗花枝，然後踱到開曠的花園裡，那裡其繁錦富麗另是一番景象，迴非單調的一枝花可比了。

中國的詩歌是雅緻潔美的，但總不能很長，也從不具闊大閎深的魄力。由於文體之簡潔的特性，其描寫敘述勢非深受限制不可。至於戲曲中的歌辭，則其眼界與體裁大異，它所用的字眼，大半要被正統派詩人嗤之以鼻認為俚俗不堪的。因為有劇中人的形象之出現，戲劇場面的托出，需要範圍較廣之文學魄力，它當然不能就範於正統派的詩歌界域之內。人的情感達到一種高度，非短短八行的精雅律詩體所能適應了。所寫的語言的本身，即所謂白話，已解脫了古典文學的羈絆，獲得天然而自由的雄壯底美質，迥非前代所能夢想得到。

那是一種從人們口頭直接傳下來的語言，沒有經過人工的矯揉修飾而形成天真美麗的文字，從那些不受古典文學束縛的作家筆下寫出來。他們完全依仗自己的聲調與音樂藝術的靈感。幾位元曲大作家，就把土語寫進去，保存它固有的不可模擬的美，它簡直不可翻譯，不能翻譯成現代中文，也不能翻譯成別國語言。譬如像下面馬致遠所作的『黃粱夢』中的一節，欲將其譯為外國語言，只能勉強略顯其相近的意思而已。

我這裡穩丕丕土坑上迷颩沒騰的坐；

那婆婆將粗剌剌陳米來喜收希和；

播的那蹇驢兒柳蔭下舒著足，乞留惡濫的臥；

那漢子脖項上婆娑，沒索的摸；

你早則醒來了也麼哥！

你早則醒來了也麼哥！

可正是窗前彈指時光過。

戲劇歌詞之作者，得適應劇情空氣之需要，故其字句較長，並得插入格外的字眼，韻律亦較寬而適宜於劇曲所用的白話文，宋詞韻律比較自由的特長，導源於歌行，現以之應用於劇調中，故長短行之韻律，早經現成的準備成熟，這種韻律乃所以適應白話而非所以適應文言者。在戲曲裡頭，韻律來得更為寬鬆。下面所摘的『西廂記』——這是中國文學的第一流作品——中的一節，為不規則韻律的一示例。這一節是描寫女主角鶯鶯的美麗的：

未語人前先靦腆，櫻桃紅綻，玉粳白露半晌恰方言。

當她轉身見其側形的時候，她的美艷的姿容像下面的描寫著：

偏，宜貼翠花鈿；

宮樣眉兒新月偃，斜侵入鬢雲邊。

當她輕移蓮步，又這麼樣的描寫：

行一步，可人憐，解舞腰肢嬌又軟，

千般嫋娜，萬般旖旎，

似垂柳晚風前。

戲劇既挾有廣大的普遍勢力，它在中國民族生活上所佔的地位，很相近於它在理想界所處的邏輯的地位。除了教導人民對於音樂的摯愛，它教導中國人民（百分之九十為非知識階級）以歷史知識，驚人動魄，深入人心。逸史野乘和完全歷史的文學傳說，對於劇中人物的傳統觀念，控制普通男女的心和理想。這樣，任何老媼都能認識歷史上的英雄美人像關羽、劉備、曹操、薛仁貴、楊貴妃，其具體概念較優於著者，蓋她們都從戲臺上看得爛熟。

至於著者童年時代，因為受的教會教育，觀劇很受拘束，只能從冷冷清清的歷史書本，一椿一椿零星片段的讀著。未到二十歲，我知道了許多西洋故事，知道了約書亞（Joshua）的喇叭吹倒耶利哥（Jericho）的城牆，可是直到近三十歲，才知道孟姜女哭夫哭倒萬裡長城的故事。像這樣的淺陋無知在非知識階級中倒非容易找得出。

戲劇除了普遍廣佈歷史與音樂於民間，也具有同等重要的教育功用。供給人們以一切分別善惡的道德意識。實際上一切標準的中國意識，忠臣孝子。義僕勇將，節婦烈女，活潑黠詭之婢女，幽靜痴情之小姐，現均表演之於戲劇中。用故事的形式來扮演各個人物，人物成為戲劇的中心，孰為他們所憎，孰為他們所愛，他們深深地感受著道德意識的激動。曹操的奸詐，閔子騫的孝順，卓文君的私奔，崔鶯鶯的多情，楊貴妃的驕奢，秦檜的賣國，嚴嵩的貪暴，諸葛亮的權謀，張飛的暴躁，以及目蓮的宗教的聖潔——他們都於一般中國人很熟悉，以他們的倫理的傳統意識，構成他們判別善惡行為的具體概念。

下面的一段『琵琶記』故事，乃所以顯示戲劇廣被於中國民眾的道德勢力的一斑。琵琶記那樣的故事，對於家庭的節孝，直接激發一種讚美心理，此種節孝心理已普遍地控制著民眾的理想。琵琶記的長處，不在乎現代意識中所稱的戲劇的一貫性，它的全劇分至四十一齣，劇情演進時期延長至數年之久；也不在乎意象之美雅，『牡丹亭』在這方面遠勝於它；也不在乎美麗的詩的辭藻，這方面，『西廂記』遠勝於它；也不在乎熱情的濃郁，這方面，它較『長生殿』為遜色；但是琵琶記終不失其崇高之聲望，純為其表揚家庭間孝與愛的動人。此等美德，常在中國人

心上抓住溫熱的情愫。它的影響尤其為真實而典型的。

東漢之季，有蔡邕者，沈酣六籍，貫串百家，抱經濟之奇才，當文明之盛世。本取功名如拾芥，奈以白髮雙親，未盡孝養，倒不如聊承菽水之歡，暫罷青雲之想。新娶妻趙氏五娘，才方兩月，儀容俊雅，德性幽閒，正是夫妻和順，父母康寧。是年適值大比之年，郡中有吏辟召蔡邕。惟路途遙遠，旅程羈延，深恐經年累月，盡忠則不能盡孝，盡孝則不能盡忠。卒以嚴父之命，入京應試。自是膝下承歡唯五娘是賴。

殿試發榜之日，邕以首甲狀元登科，朝為田舍郎，暮登天子堂。時丞相牛公，膝下單生一女，美而慧，頗屬意於邕，邕雅不願棄糟糠之妻，然逼於權勢，竟入贅牛府。成禮之日，雖備極榮貴，邕悒悒寡歡，心未嘗一刻不思五娘也。牛小姐偵知其情，頗有意玉成邕志。乃白於父，請許新夫婦回鄉一度省新。丞相殊不悅，因未能成行。

是時邕家中景況日非。五娘賴纖纖十指，略事女紅，支撐全家生活，已自艱難，那堪復遭饑荒。新幸當地有義倉開賑，五娘亦領得施米一份，弱息可欺，歸途中動歹徒之覬覦，盡刦其所有以去。五娘悲不欲生，將就道旁露井而躍入。繼念家中二老，侍養須人，義不容死，因欲躍又止。無奈，詣邕友張老處借得白米一把，歸奉二老，而五娘暗中自食糠粃。不久，邕母謝世，其老父又臥病甚劇。五娘獨侍湯藥，夜不交睫。施蔡翁亦繼之去世。五娘鬻其斷髮而葬之。承張老之助，五娘為翁姑手築塋墓。疲極而暈，倒臥於墓旁。夢土地神憐其境遇，遣二鬼役助之工作。及醒，則墳墓已完成。五娘驚喜，以之告張老。

張老因勸五娘入京尋訪丈夫。五娘以為然，乃就記憶所及，手自描一丈夫之畫像，易尼姑裝，抱琵琶沿途行乞至洛陽。適是時洛陽佛會甚盛，五娘至廟中張掛其丈夫之畫像於熱鬧處。是日，邕詣廟會行香，睹之，取此畫像而歸。次日，五娘蹤至相府，偽為尼姑求施舍者。事為牛小姐所聞，親迎入府，且謀戲試其丈夫之真情，終得雙妻團圓，受天子之榮典。

這樣的情節，便是使一齣戲劇得在中國著名而流行的要素。故事既具有此高貴的素質，使它受中國人之歡迎一似社會動態之吸引英國報紙讀者的同情。故事中有

科舉考試，這在中國故事中有關各人的命運變遷，故輒為重要關鍵。吸引力之尤大者為敘述一節義的妻子和懇摯的女兒；一對老年的父母，需要扶養；一個患難中的忠實朋友；一位模範的夫人，她不妒忌情敵；最後一個高官，權勢煊赫；得意忘形。道是中國戲劇的幾種本質，一般民眾之知識食糧即賴以供給。此同樣的性賣，使『賴婚』（Way Bown East）、『慈母淚」（Over the Hill）兩張影片在中國大大地出了鋒頭。道樣的情形，也可以顯示中國人為一易為感情所動的民族，具有多愁善感的弱點。

25・小說

中國小說家常有一種特殊心理，他們自以為小說之寫作，有謬於儒教，卑不足道，且懼為時賢所斥，每隱其名而不宣。

舉一比較晚近的例子，像十八世紀夏二銘寫的『野叟曝言』。他寫得一手高論卓識的好古文和美麗的詩詞，也有不少遊記傳記，其筆墨固無異於一般正統派文學家之傳統的典型，現均收集於『夏懋修全集』。但是他又寫了野叟曝言，可是野叟曝言不具撰著者人姓名。他的為野叟曝言的撰著人是明確的，可從他自己的詩文集裡頭的文字來證明。然而直到一八九〇年秋，他的孝順的曾孫替他重印夏懋修全集，俾傳夏君之名於不朽，無論這位曾孫是不敢還是不願意，總之他沒有把這部小說收入集子裡頭，其實這部小說倒是夏君的不容爭辯的最佳文學作品。

又似『紅樓夢』，直到了一九一七年（應是一九二一年之誤，胡適的『紅樓夢

考證』寫於是年——編者），始由胡適博士的考證，確定其著作人為曹雪芹。他無疑地是中國最偉大的散文作家之一，也可以說是空前絕後的唯一散文大師（就白話文而言）。我們至今還不甚明瞭『金瓶梅』著者究為誰何。我們又至今未能決定施耐庵、羅貫中二人之間，究屬誰是『水滸傳』的真正的作者。

紅樓夢的開場和結尾便是此種對於小說態度的特徵。你且看他怎樣說法——

卻說女媧氏煉石補天之時，於大荒山無稽崖煉成高十二丈寬二十四丈的頑石三萬六千五百零一塊；那媧皇只用了三萬六千五百塊，單單賸下一塊未用，棄在青埂峰下。此石後經一僧一道攜向紅塵走了一遭，又經過了不知幾世幾劫，因有個空空道人訪道求仙，從這大荒山無稽崖青埂峰下經過，忽見一塊大石，上面字跡分明，編述歷歷，上面敘著墮落之鄉，投胎之處，以及家庭瑣事，閨閣閒情。空空道人看了一回，曉得這石頭有些來歷，從頭至尾，抄寫回來，問世傳奇。後因曹雪芹於悼紅軒中披閱十載，增刪五次，纂成目錄，分出章回，並題一絕。即此便是石頭記的緣起。詩云：

滿紙荒唐言，一把辛酸淚。
都云作者痴，誰解其中味。

這故事的結束，正當此深刻的人間活劇演到最悲慘緊張的一刻，那時主角賈寶玉削髮出家，他的那顆多情善感的靈性已回復了女媧氏所煉的頑石的原形，那個先前的空空道人又從青埂峰下經過。他瞧見那補天未用之石仍在那裡，上面字跡，於後面偈文後，又歷敘了多少收緣結果的話頭，因再抄錄一番，袖了轉輾尋到悼紅軒來，遞示給曹雪芹先生。曹雪芹笑道：『既是假語村言，但無背謬矛盾之處。樂得與二三同志，酒餘飯飽，雨夕燈窗之下，同消寂寞。又不必大人先生品題傳世。似你這樣尋根究底，便是刻舟求劍，膠柱鼓瑟了。』那空空道人聽了，仰天大笑，擲下抄本，飄然而去。一面走著，口中說道：『果然是敷衍荒唐，不但作者不知，抄者不知，並閱者亦不知。不過遊戲筆墨，陶情適性而已。』又據說後人見了這本傳奇，亦曾題過四句詩，為作者緣起之言：

說到辛酸處，荒唐愈可悲。
由來同一夢，休笑世人痴。

這雖是些荒唐無稽之談，卻是說來很悲鬱，很動人，倒也十分佳妙。因為這些文章是隨興之所至，為了自尋快樂而傾瀉出來。他的創作，完全出於真誠的創作動機，不是為了愛金錢與名譽。又因為它是正統文學界中驅逐出來的劣子，反因而避

免了一切古典派傳統的陳腐勢力。小說的著作人非但絕不能獲得金錢與名譽的報酬，且有因著作小說而危及生命安全的。

江陰乃水滸作者施耐庵的故鄉，至今仍流傳一種傳說，述及施耐庵逃脫生命的危險故事。據說施耐庵真不愧為一位具有先見之明的智士。原來他當初不欲服仕於新建的明朝，寫了這部小說，度著隱居的生活。有一天，明太祖跟劉伯溫遊幸江陰，劉伯溫為施耐庵的同學，那時因為贊襄皇業有功，朝廷倚為柱石，施耐庵所著的那部水滸傳的稿本，放在桌子上，這一次恰巧給劉伯溫瞧見，他馬上認識施耐庵的天賦奇才，不由因慕生妒，起了謀害之意。當是時，朝廷新建，大局未臻穩定，對於人民思想多所顧忌。乃施耐庵的說部其內容處處鼓吹『四海之內，皆兄弟也。』的平民思想，連強盜也包括在內，未免含有危險因素。劉伯溫根據這個理由，有一次乃上奏聖天子請旨宣召施耐庵入京受鞫訊。及聖旨抵達，施耐庵發現水滸稿本被竊，私計此番入京，凶多吉少，因向友人處張羅得白銀五百兩，用以賄賂舟子，叫他儘量延緩航程。因得在赴南京途中趕快寫完了一部幻想的神怪小說『封神榜』叫皇帝讀了相信他患了神經病，在此假瘋癲遮掩之下，他得以保全了性命。

自是以後，小說在不公開的環境下滋長發育起來，有如野草閒花對踽踽獨行的遊客作斜睇，無非盡力以期取悅而已。像野草閒花之生長於磽瘠不毛之地，小說之滋興，全無培育獎掖之優容環境，它的出世，非有所望於報酬，純粹出於內在的創作動機。有時這種野生植物隔個二十多年才開放一次鮮葩，可是這難得開放的鮮葩不開則已，開放出來的花朵真有說不盡的綺麗光輝！

這樣的鮮花不是輕易取得生存的，它灑過生命的血始得鮮艷地盛放一回，卒又萎謝而消逝。這就可以比喻一切優美的小說和一切優美小說的本源。塞凡提斯（Cervantes）這樣寫法，薄伽邱（Boccacio）也是這樣寫法，他們純粹出於創作的興趣。金錢毫無關涉於其間。即在現時代有了版稅版權的保障，金錢仍為非預期的目的。無論多少金錢決不能使無創作天才的人寫出好的作品來，安逸的生活可以使創作天才者從事寫作為可能，但安逸生活從不直接產生什麼。金錢可以把迭更斯（Charles Dickens）送上美洲的旅途，但不能產生『塊肉餘生錄』（David Copperfield）。我們的大作家，像笛福（Defoe），像費爾丁（Fielding），像曹雪芹、施耐庵，他們所以寫作是因為他們心裡有一樁故事，非將它發表不可，而他們是天生的講故事者，天好像有意把曹雪芹處於荒淫奢華的家庭環境中，卒因浪費無

度，貲產蕩盡，然後一旦豁悟，看穿了人生的一切空虛，及其晚年，已成窮儒，度其餘生於朽敗之第舍中，不時追憶過去之陳跡，宛若幻夢初醒，此夢境乃時而活現於幻想中，常使他覺得心頭有一樁心事，以一吐為快，於是筆之於書，我們便稱之為文學。

依著者之評價，紅樓夢誠不愧為世界偉大作品之一。它的人物的描寫，它的深切而豐富的人情，它的完美的體裁與故事，足使之當此推崇而無愧色。它的人物是生動的，比之我們自己的生存的朋友還要來得跟我們接近熟悉而懇摰，而每一個人物，只消我們聽了他的說話的腔調，我們也很能熟識他是誰了。總之它給了我們一樁值得稱為偉大的故事——

瑤台瓊館，一座瑰麗璚皇的大觀園，富貴榮華，一個世代簪櫻的大宦族，那兒姊妹四人和一個哥兒，又來了幾個姿容美艷的表姊妹，彼此年歲相若，一塊兒耳鬢廝磨的長大起來，過著揄揶戲謔的快樂生活；幾十個絕頂聰明而怪迷人的婢女，有的性情溫文而陰密，有的脾氣躁急而直爽，也有幾個跟主子發生了戀愛；也有幾個不忠實的傭僕老婆鬧了一些吃醋醜聞的穿插。一位老太爺常年在外服官，居家日少，一切家常瑣務，委於二三媳婦之手，倒也處理得井井有條，那個最有幹才，最聰明，最饒舌，最潑辣，最可愛的媳婦，便是鳳姐兒，卻是個根本不識字的娘兒。主角賈寶玉，是一個正當春情發動期的哥兒，有著伶俐聰明的性情，端的愛廝混在脂粉隊中，照書上的說法，他是給仙界遣送下凡來歷劫，叫他參透情緣便是魔障的幻境。寶玉的生活，跟中國許多大家族中的獨嗣子一樣，受著過分的愛護，尤其是他老祖母的溺愛，那位祖母老太太是闔家族至高的權威者。但寶玉也有一個見了怕的人，便是他的父親，寶玉一見了父親便嚇的不敢動彈。大觀園中的姊妹們，個個歡喜寶玉，而寶玉的飲食起居，都是讓幾個婢女來照顧著，她們服侍他洗浴，以至通夜守護著他的睡覺。他鍾情於林黛玉，黛玉是一個沒了父母而寄居於賈家的小姑娘，卻是寶玉的表妹妹，她是一個多愁善病的姑娘，她患著消化不良症，喝著燕窩湯過日子，可是她的美麗和詩才都勝過她的姊妹行，她的愛寶玉完全出於純潔的真摯的處女底心。寶玉的另一個表姊姊是薛寶釵，她也愛著寶玉，不過她的熱情是含蓄而不露的，她的性情則比較的切實，從老輩看來，她比之黛玉是較為適宜的妻子；最後乃由幾位老太太作主，瞞過了寶玉和黛玉，定下聘了寶釵的親事，黛玉直等到寶玉和寶釵即將成婚的時候，才得到這個消息，這使她歇私的裡的狂笑了一陣

子，一縷香魂脫離這個塵世，而寶玉一些不知道這個消息，直等到成婚之夜。寶玉覺察了自己的親父母的詭局，變成了痴痴呆呆的傻子，好像失去了魂魄，最後，他出了家。

這樣詳詳細細都是描寫一個大家族的興衰。其家族的不幸環境之漸次演進，至故事之末段令人喪氣；它的歡樂的全盛時期過去了，傾家蕩產的險象籠罩著每個人的眉頭，無復中秋月下的盛宴，但聽得空寂庭院的鬼哭神號；美麗姑娘長大起來了，各個以不同的命運嫁到各別的家庭去了；寶玉的貼身侍女被遣送而嫁掉了，而最不幸的晴雯保持著貞潔與真情而香消玉殞了。一切幻影消滅了。

假使，像有些批評所說紅樓夢足以毀滅一個國家，那它應該老早就把中國毀滅掉了。黛玉和寶玉，已成為全民族的情人，不在話下，也還有許多別樣的典型，讓人去體會：晴雯的熱烈，襲人的溫柔，史湘雲的豪爽，探春的端莊，鳳姐的潑辣，妙玉的靈慧，一個有一個的性格，一個有一個的可愛處，每個各代表一種特殊的典型。欲探測一個中國人的脾氣，其最容易的方法，莫如問他歡喜黛玉還是歡喜寶釵，假如他歡喜黛玉，那他是一個理想主義者，假使他讚成寶釵，那他是一個現實主義者。有的歡喜晴雯，那他也許是未來的大作家，有的歡喜史湘雲，他應該同樣愛好李白的詩。而著者本人則歡喜探春，她具有黛玉和寶釵二人品性揉和的美質，後來她幸福地結了婚，做一個典型的好妻子。寶玉的個性分明是軟弱的，沒有一些英雄氣概，不值青年的崇拜。但不問氣概如何，中國青年男女都把這部小說反覆讀過七八遍，還成立了一門專門學問叫做『紅學』，其地位之尊崇與研究著作的卷帙之浩繁，不亞於莎士比亞與歌德著作的評註書。

紅樓夢殆足以代表中國小說寫作藝術的水準高度，同時它也代表一種小說的典型。概括地說，中國小說根據它們的內容，可以區分為下述數種典型。它們的最著名的代表作茲羅列於下：

一、俠義小說——水滸傳
二、神怪小說——西遊記
三、歷史小說——三國志
四、愛情小說——紅樓夢
五、淫蕩小說——金瓶梅
六、社會諷刺小說——儒林外史

七、理想小說——鏡花緣

八、社會寫實小說——二十年目睹怪現狀

嚴格的分類，當然是不容易的。例如金瓶梅雖其五分之四係屬猥褻文字，卻也可算為一部最好的社會寫實小說，它用無情而靈活的筆調，描寫普通平民，下流夥黨，士豪劣紳，尤其是明代婦女在中國的地位。這些小說的正規部類上面，倘從廣義的說法，我們還得加上故事筆記，這些故事都是經過很悠久的傳說，這樣的故事筆記，莫如拿『聊齋誌異』和『今古奇觀』來做代表。今古奇觀為古代流行故事中最優良作品的選集，大多係經過數代流傳的故事。

著者曾把許多中國小說依其流行勢力的高下加以分級，倘把街市上流行的一般小說編一目錄，則將顯出冒險小說，中國人稱為俠義小說者，允居編目之首。這是一個奇怪的現象，因為俠義和勇敢的行為，時常受到父母教師的排斥摧抑，這種心理是不難於解釋的。在中國，俠義的兒子容易與巡警或縣官衝突，致連累及整個家族，這班兒孫常被逐出家庭而流入下流社會；而仗義行俠的人民，因為太富熱情，太關懷公眾，致常干涉別人事務，替貧苦抱不平，這班人民常被社會逐出而流入綠林。因為假使父母不忍與他們割絕，他們或許會破毀整個家庭——中國是沒有憲政制度的保障的。一個人倘常替貧苦被壓迫者抱不平，在沒有憲法保障的社會裡一定是一個挺硬的硬漢。很明顯那些剩留在家庭裡頭和那些剩留在體面社會裡頭的人是不堪挫折的人，這些中國社會裡的安分良民是以歡迎綠林豪俠有如一個纖弱婦人之歡迎面目黧黑，胸毛蓬蓬，落腮鬍子的彪形大漢。當一個人閒臥被縟中而披讀水滸傳，其安適而興奮，不可言喻，讀到李逵之闖暴勇敢的行徑，其情緒之亢激舒暢更將何如——記著，中國小說常常係在床臥讀著。

神怪小說記載妖魔與神仙的鬥法，實網羅著大部分民間流傳之故事，這些故事是很貼近中國人的心坎的。本書前面「中國人的心靈」中，曾指出中國人的心理，其超自然的神的觀念，常常是跟現實相混淆的。『西遊記』，李加德士（Dr. Timothy Richards）曾把它摘譯成英文說部，稱為『天國求經記』（A Mission to Heaven），係敘述玄奘和尚印度求經的冒險壯舉，可是他的此番壯舉卻是跟三個極端可愛的半人形動物做夥伴。那三個夥伴是猴子孫悟空，豬玀豬八戒，和一個沙和尚。這部小說不是原始的創作，而是根據於宗教的民間傳說的，其中最可愛最受歡迎的角色，當然是孫悟空，他代表人類的頑皮心理，永久在嘗試著不可能的事業。他吃了天宮中的禁果，一顆蟠桃，有如夏娃（Eve）吃了伊甸樂園中的禁果，

一顆蘋果，乃被鐵鍊鎖禁於岩石之下受五百年的長期處罰，有如盜了天火而被鎖禁的普羅美秀斯（Prometheus）。適值刑期屆滿，由玄奘來開脫了鎖鍊而釋放了他，於是他便投拜玄奘為師，擔任伴護西行的職務，一路上跟無數妖魔鬼怪奮力廝打戰鬥，以圖立功贖罪，但其惡作劇的根性始終存留著，是以他的行為表現著一種刁悍難馭的人性與聖哲行為的爭鬥。他的頭上戴著一頂金箍帽，無論甚麼時候只要當他獸性發作，犯了規，他的師父玄奘便念一首經咒，立刻使他頭上的金箍愈逼愈緊，直到他的腦袋痛得真和爆裂一樣，於是他不敢發作了。同時豬八戒表現一種人類獸慾根性後來經宗教的感化而慢慢地滌除。這樣奇異的人物作此奇異的長征，一路上慾望與誘惑的抵抗紛爭不斷出現，構成一串有趣的環境和令人興奮的戰鬥，顯神通，施魔力，大鬥法寶。孫悟空在耳朵裡插一根小棒，這根小棒卻可以變化到任何長度，不但如此，他還有一種本領，在腿上拔下毫毛，可以變成許許多多小猴子助他攻擊敵人，而他自身也能變化，變成各色各樣的動物器具，他會變成鷺鷥，變成麻雀，變成魚，或變成一座廟宇，眼眶做了窗，口做了門，舌頭做了泥菩薩；妖魔一不留神，跨進這座廟宇的門檻，準給他把嘴巴一嗑，吞下肚去。孫悟空跟妖魔的戰鬥，尤為神妙，大家互相追逐，都會駕霧騰空，入地無阻，入水不溺，這樣的打仗，怎麼會不令小弟弟聽來津津有味，就是長大了的青年，只要他還沒有到漠視米老鼠的程度，總是很感興趣的。

愛談神怪的習氣，不只限於神怪說部，它間入各式各樣的小說，如像第一流作品野叟曝言亦不免受此習氣之累，因而減色，野叟曝言為俠義兼倫理說教的小說。愛談神怪的習氣又使中國偵探故事小說如『包公案』為之減色，致使其不能發展為完備的偵探小說，比美歐美傑構。它的原因蓋緣於缺乏科學的論理觀念和中國人生命之輕賤。因為一個中國人死了，普通的結論就只是他死了也就罷了。包公可算是中國歷史上的一個大偵探家，本人又為裁判官，他的解決一切隱祕暗殺案件乃常賴夢境中的指示而不用福爾摩斯那樣論理分析的頭腦。中國小說結構之鬆懈，頗似勞倫斯（D. H. Lawrence）的作品，而其冗長頗似俄羅斯小說中之托爾斯泰（Tolstoy）和杜斯妥也夫司基（Dostoevsky）的作品。中國小說之和俄羅斯小說的相像是很明顯的。大家都具備極端寫實主義的技術，大家都耽溺於詳盡，大家都單純的自足於講述故事，而缺歐西小說的主觀的特性。也有精細的心理描寫，但終為作者心理學知識所限。故事還是硬生生的照原來的故事講。邪惡社會的逼真的描寫，金瓶梅絲毫不讓於卡拉馬助夫兄弟們（The Brothers Karamazov）。愛情小說

一類的作品，其結構通常是最佳的，社會小說雖過去六十年中盛行一時，其結構往往遊移而散漫，形成一連串短篇奇聞逸事的雜錦。正式的短篇小說則直到最近二十年以前，未有完美之作品出世。現代新作家正竭力想寫出一些跟他們所讀過的西洋文學一樣的作品，不論是翻譯的還是創作的。

大體上中國小說之進展速度很可以反映出中國人民生活的進展速度，他的形象是龐大而駁雜的，可是其進展從來是不取敏捷的態度的，小說的產生，既明言是為了消磨時間，當儘有空閒時間可供消磨，而讀者亦無需乎急急去趕火車，真不必急急乎巴望結束。中國小說宜於緩讀，還得好好耐著性兒。路旁既有閒花草，誰管行人閒摘花？

國家圖書館出版品預行編目資料

寫作的藝術／林語堂 著，初版 --
新北市：新視野 New Vision，2022.04
面；　公分
ISBN 978-626-95484-6-0（平裝）

863.4　　111000904

寫作的藝術

林語堂　著

主　　編　林郁
出　　版　新視野 New Vision
製　　作　新潮社文化事業有限公司
電話：(02) 8666-5711
傳真：(02) 8666-5833
E-mail：service@xcsbook.com.tw

印前作業　菩薩蠻電腦科技有限公司
印刷作業　福霖印刷有限公司

總 經 銷　聯合發行股份有限公司
新北市新店區寶橋路 235 巷 6 弄 6 號 2 樓
電話：(02) 2917-8022
傳真：(02) 2915-6275

初　　版　2022 年 05 月